LA
DOULOU

(LA DOULEUR)

ALPHONSE DAUDET

ŒUVRES COMPLÈTES ILLUSTRÉES

ÉDITION NE VARIETUR

LA DOULOU

(LA DOULEUR)

1887-1895

[illegible]

PARIS

LIBRAIRIE DE FRANCE

110, BOULEVARD SAINT-GERMAIN, 110

1930

SUR ALPHONSE DAUDET

> ... Il y a entre nous et ceux qui ne sont plus les souvenirs, les bonnes souvenances d'amour, les saisons de joie et de tendresse qui nous abreuvent d'espoir, nous rendent forts et nous maintiennent en communion d'âme avec les disparus.
>
> A. DAUDET.

Dans tout ce qui a été dit, écrit sur Alphonse Daudet, parmi tant d'appréciations élogieuses où la critique, quand elle paraît, se fait presque toujours aimable et distinguée comme l'auteur qu'elle vise à atteindre, je détache, au-dessus de signatures illustres, ces deux citations qui constituent, selon moi, la sentence définitive sur l'œuvre et sur l'écrivain :

« Daudet a été ce qu'il y a de plus rare, de plus charmant, de plus immortel dans une littérature : une originalité exquise et forte, le don même de la vie, de sentir et de rendre avec une telle intensité personnelle que les moindres pages écrites par lui garderont la vibration de son âme jusqu'à la fin de notre langue. » — *Discours d'*EMILE ZOLA *prononcé aux obsèques d'Alphonse Daudet.*

« Son œuvre survivra aussi longtemps que notre langue par la claire filtration de pensée, par le charme exquis d'une intelligence limpide, éprise de beauté, parfumée d'un subtil amour de tout ce qui est, et de tout ce qui voudrait être. » — GEORGES CLÉMENCEAU. L'Aurore *du 18 décembre 1897.*

L'Amour de la vie! Nul homme ne l'a éprouvé plus haut. Et cette belle flamme, qui brille à travers tous ses écrits, anime ses personnages et communique un si saisissant relief aux scènes qu'il raconte, se manifestait dans tout son éclat aux regards de ceux qui ont eu la fortune de le connaître. Ses enthousiasmes étaient splendides, il en émanait un rayonnement; sa pitié profonde, d'une délicatesse infinie, s'insinuait au cœur des malheureux qu'elle réchauffait d'une chaleur quasi divine. Il était beau comme le Christ, — il note quelque part, dans un de ses carnets, combien la ressemblance avait frappé de jeunes novices *pendant son voyage en Corse. Il avait une tendresse pour les faibles, les déshérités. Était-ce le souvenir de la dure école de sa jeunesse? Mais il ne manque pas d'hommes dont un long séjour au pays de misère n'a pas attendri le cœur!*

Il se dégageait de lui, de la noblesse de son maintien, du tour et des voltes de sa conversation, du bel alliage des idées et des expressions, de l'étincellement de son esprit à mille facettes, un charme inimitable, exquis. Beaucoup de ce charme aussi est passé dans son œuvre.

Et ce curieux, qui s'intéressait à suivre, de son regard de myope, les cheminements d'une coccinelle égarée, perle minuscule de corail, dans la résille des rideaux de son cabinet, et savait débrider, en deux phrases persuasives, l'âme des désespérés qui se confiaient à lui, cet humain, à qui la sensibilité exaltée de sa vision permettait de lire à travers ses interlocuteurs comme à travers une vitre, s'était un jour, à la maturité de son âge et de son génie, senti profondément atteint dans sa santé. Il se savait perdu à assez courte échéance, mais n'en était pas ému au point où tant de gens l'auraient été à sa place. Ses notes sur la marche de sa maladie, la Doulou (la Douleur), *qui viennent seulement d'être imprimées — l'un des premiers qui en eurent connaissance m'a avoué naguère son émotion, son inexprimable angoisse à la suite de cette lecture — témoignent assez de quel étage, de quel palier inaccessible à d'autres qu'à lui il plongeait sur son mal et considérait sa souffrance.*

Causeur, conteur inimitable, il le fut! Sont là pour l'attester les Contes du Lundi, *les* Études et Paysages *et ces fameuses* Lettres de mon moulin *éclaboussées de soleil, pleines du bruit des cigales et des parfums d'une terre enchantée. Ces* Lettres, *pour ceux qui l'ont connu, c'est tout Daudet, et, quand je veux sentir vibrer en moi avec précision le souvenir du grand disparu, je reprends* la Chèvre de M. Séguin. *Tandis que monte en moi la voix du charmeur, m'apparaît le fin visage pâli, aux yeux entre-clos, tel qu'il me faisait vis-à-vis, de l'autre côté de la table de travail, aux heures de joie où j'écrivais sous sa dictée.*

Quand, aux instants de découragement et d'ennui, faisant un retour sur le passé, je cherche à établir la somme de mes bonheurs, je pose au premier rang celui d'avoir connu Alphonse Daudet, reçu la haute leçon de sa vie en exemple. Je cesse aussitôt de me plaindre.

***

Une matinée d'été, dans le parc de Champrosay. Un banc sous les grands arbres, au long d'une allée ombreuse où le pied enfonce dans un lit de cailloux blancs, et, par intervalles, le bruit mat d'un marron qui tombe, sa coque éclatée. Alphonse Daudet s'avance au bras de mon père, Jules Ebner, son secrétaire depuis la guerre de 1870 qui les a fait se rencontrer le soir de Champigny et qu'une longue habitude, semble-t-il, a dû blaser sur les séductions du maître. Je les accompagne par hasard. M. de Goncourt est là aussi, un foulard blanc lui entoure le col. Il y a avec nous un photographe anglais venu prendre des illustrations pour l'article d'une revue d'outre-Manche sur la villégiature de Daudet à Champrosay. On avise tout à coup le banc. Daudet demande à s'y reposer, il y prend place avec mon père et Goncourt. Surgissent de derrière un massif Mlle Edmée, la toute jeune fille de l'écrivain, et sa gouvernante. « Voici ma filleule... », s'écrie Goncourt, tendant les bras. L'enfant s'y précipite pour passer dans ceux de son père. Le photographe prépare son appareil.

Pendant ce temps se déroule dans les airs un drame épouvantable. Une libellule bleue, qu'attire la fraîcheur de la pièce d'eau voisine, décrit au-dessus de nos têtes mille rapides circuits, quand une petite balle noire, tout à coup jaillie de la voûte des feuilles, la happe au passage, sous nos yeux. Un claquement de bec et tout est dit. Nous restons haletants.

Comment cet homme, qui, myope entre les myopes, doit approcher le journal de son visage pour déchiffrer les caractères d'imprimerie, a-t-il pu, dans le court instant du claquement de bec, enregistrer la scène, la recomposer plutôt, se substituer à la libellule et à l'oiseau, être à la fois la victime et le ravisseur, penser pour les deux, et nous improviser sur-

le-champ le plus joli récit du monde? Goncourt tapote le bois du banc en clignant des yeux de gourmet, le photographe oublie de refermer son obturateur, mon père s'égaie, Edmée très émue demande des explications, moi, j'écoute avec ravissement, et la gouvernante intéressée au plus haut point attend, bouche bée, la fin de l'histoire. Tous, de l'auteur des Frères Zemganno *à la femme de service, nous subissons le charme.*

⁂

Mais Daudet a été autre chose qu'un conteur et qu'un imaginatif. Ses romans le prouvent. Quand il s'est agi, selon son gré, non plus d'enjoliver une légende ou de peindre des rêves, mais de fixer la vie qui se déroulait alors à sa vue, splendeurs et misères de la fin de l'Empire dans lequel il avait alors un rôle officiel, soit les attrayants dessous d'une vie parlementaire à l'aurore de la nouvelle République ou l'existence désœuvrée des Princes en disponibilité mangeant leurs revenus en France à l'époque du Maréchalat, il a fait jaillir avec abondance et maîtrise de ses Petits Cahiers *les pages impérissables par leur verve et leur documentation précise du* Nabab, *de* Numa Roumestan, *des* Rois en exil.

Fidèle à son penchant, l'écrivain revient par époques à ses amis, les humbles. Pénétré des chagrins de la pauvre Mme Ebsen, séduit par le bonasse marinier Louveau dont la péniche sent bon l'arome des quais de la Seine et ouvre ses étroites lucarnes sur de grandes échappées de ciel et d'eau, combien tentantes pour le routier qu'il fut toujours, même quand le mal implacable lui eut presque immobilisé les jambes, il écrit l'Évangéliste *et* la Belle Nivernaise.

De ses premières années de vie d'artiste, de sa fréquentation de certains ménages bohêmes qu'il étudie pour les fuir, il déploie Sapho, *et le cri de l'amante délaissée répond éternellement dans le souvenir à la plainte d'une autre femme qu'on entend là-bas, du côté du mas d'Estève, d'une mère celle-ci, penchée sur le cadavre de son fils mort d'amour pour* l'Arlésienne.

Exclusivement poète à ses débuts, je veux dire écrivain en vers, car poète il le restera toute sa vie pour l'enchantement des lecteurs, le séduisant rimeur des Amoureuses, *dont Villemessant, rusé, cherche à fixer le papillonnage, se fait chroniqueur. Il est curieux d'assister à la métamorphose. Le dialogue du* Chien et du Loup, *publié dans* le Figaro *du*

20 *mai* 1860, *témoigne un moment des préoccupations de l'auteur, car c'est bien Alphonse Daudet qui débat avec son double* (1) *les avantages d'un emploi régulièrement rétribué de journaliste, contre les attraits de la vie de bohème, l'appel de la sirène avide d'imprévu et d'espace. Mais il a fixé son choix, bien que, dans sa nouvelle, la balance entre les tentations reste égale. Il donnera au* Figaro *quelques petits vers, ces spirituelles* Chroniques rimées *qui sont le dernier caprice de sa muse. Daudet n'écrira plus qu'en prose.*

Il s'essaie au conte, et toute la poésie dont son cœur déborde, tout ce que ses yeux ont glané de lumière, son être de joie de vivre dans l'apothéose de ses ardents vingt ans, s'épand comme un flot merveilleux dans les Lettres de mon moulin.

Mais la fantaisie endiablée du poète va rompre son frein et faire une prodigieuse gambade. Il y a de tout dans Tartarin de Tarascon, *une blague féroce, — quand je dis féroce!... — de l'ironie et de la tendresse, le plus amusant portrait du Méridional, d'adorables paysages comme ceux des collinettes tarasconnaises et de la banlieue d'Alger, d'inoubliables croquis de la vie de province, même un peu de politique, oh! si légèrement traitée, l'Algérie de la conquête aux mains des zouaves et des colons. C'est énorme et c'est exquis.*

La gaîté voisine avec la tristesse, la bouffonnerie avec le drame, comme dans la vie qu'elle réfléchit, dans l'œuvre de cet hypersensitif (2) *qui dégustera plus tard la douleur, comme il a bu la joie et l'amour, et dont il aura, hélas! coupe pleine. Un retour sur son enfance lui fournit l'occasion de tracer les pages attendries du* Petit Chose. *Daudet donne à* David Copperfield *un frère français, aux aventures non moins poignantes que celles du héros de Dickens.*

(1) *Homo duplex, Homo duplex!* La première fois que je me suis aperçu que j'étais deux, à la mort de mon frère Henri, quand papa criait si dramatiquement : « Il est mort! Il est mort! », mon premier Moi pleurait et le second pensait : « Quel cri juste! Que ce serait beau au théâtre! » J'avais quatorze ans. — Cette horrible dualité m'a souvent fait songer. Oh! ce terrible second Moi toujours assis pendant que l'autre est debout, agit, vit, souffre, se démène! Ce second Moi que je n'ai jamais pu ni griser, ni faire pleurer, ni endormir! Et comme il y voit! Et comme il est moqueur! » (*Notes sur la vie.*)

(2) « Quelle merveilleuse machine à sentir j'ai été, surtout dans mon enfance! A tant d'années de distance, certaines rues de Nîmes, où j'ai passé à peine quelquefois, noires, fraîches, étroites, sentant les épices, la droguerie, la maison de l'oncle David, me reviennent dans une lointaine concordance si vague d'heure, de couleurs de ciel, de sons de cloches, d'exhalaisons de boutiques.

« Fallait-il que je fusse poreux et pénétrable; des impressions, des sensations à remplir des tas de livres et toutes d'une intensité de rêve! » (*Notes sur la vie.*)

*
* *

Vient la guerre, pas celle-ci, l'autre, celle de Guillaume Ier et de Frédéric-Charles, dans laquelle c'est l'Empire français qui s'effondre, où Gambetta tient la place de Clémenceau. En dépit de sa myopie, d'un accident deux fois importun, une jambe cassée, Daudet s'enrôle, ne cède à personne son tour de garde aux remparts. Tartarin de Tarascon, *publié en librairie en 1872, date d'avant la tourmente. « Je pense tout à coup au bien moral que m'a fait la guerre », lit-on dans un des* Petits Cahiers. *On peut facilement concevoir ce qu'il entend par ce bien. Son style emprunte des couleurs plus foncées, décrit des visions plus larges ; sa plume, davantage appuyée, se fait mordante, accusatrice, pour fixer dans les* Lettres à un absent *les scènes vécues du Siège et de la Commune. Ce n'est plus de la fantaisie de poète, le témoin grave en creux, profondément, pour l'Histoire. Il a vu les cadavres des soldats sur les champs gelés de la banlieue. Il a considéré nos palais d'été dévastés, les charretées de morts de la bataille des rues ont défilé devant lui. Il n'oubliera jamais et concluera par cette réflexion d'un accent à la fois si profond et si tendre :*

Travaillons tous pour que cela ne recommence jamais.

Tout le premier, il s'est mis à l'œuvre courageusement. La grande réputation commence pour lui avec Fromont jeune et Risler aîné. *Il a confié au public, avec une délicieuse franchise, ce qu'avait été pour lui ce premier grand succès de librairie, alors qu'il avait la jeunesse, la santé, tous les siens encore autour de lui. La faveur du public à son égard ne devait plus cesser de s'accroître. Quand je l'ai connu, Alphonse Daudet, universellement célèbre, le récent auteur de* Sapho, *était à l'apogée de la gloire. Les éditeurs se disputaient ses œuvres.*

Il habitait alors, 31, rue de Bellechasse, la maison, dans laquelle sa veuve réside encore aujourd'hui, qu'il devait seulement quitter peu de semaines avant sa fin pour s'installer dans le même quartier, au n° 41 de la rue de l'Université. C'est dans ce nouvel appartement, à peine aménagé, où il put revoir les épreuves de son dernier livre Soutien de famille, *que la mort s'abattit soudainement sur lui, le soir inoubliable du 16 décembre 1897. Léon Daudet, dans le livre émouvant que lui a dicté sa piété filiale et qui constitue le plus beau des monuments érigés à la mémoire de son père, a raconté cette mort enviable du grand écrivain, en fin de journée, sa tâche achevée, au milieu de tous les siens.*

Je ne sais pas de plus belle famille que celle d'Alphonse Daudet. Le poète avait épousé, en 1867, *Mlle Julia Allard, dont il eut trois enfants : Léon, Lucien et Mlle Edmée Daudet, aujourd'hui la femme de Robert Chauvelot, l'explorateur et ethnographe en renom, l'auteur de captivantes relations de voyages pleines de science autant que d'esprit. Il est superflu de faire aujourd'hui le portrait de Mme Alphonse Daudet, l'écrivain de grand talent, la collaboratrice de son mari, devant laquelle chacun s'incline avec admiration et respect, qui ne cesse de consacrer aux lettres l'étonnante jeunesse de l'esprit le plus accueillant, toujours en éveil pour les choses de l'art. Le nom de Léon Daudet retentit dans le monde entier. L'œuvre considérable du chef royaliste appartient, en dehors des partis, au trésor littéraire de la France. Le fils cadet, Lucien, qui eut l'honneur d'être l'un des derniers intimes de l'impératrice Eugénie, n'aime point la publicité et vit au milieu d'une élite qui apprécie autant sa personnalité d'homme du monde que son talent d'écrivain.*

Quelle harmonie dans cette famille éprise d'élévation et de beauté, groupée autour de son chef illustre! Quelle dignité de vie! Quelles leçons à puiser là, dans cet intérieur dont l'art, l'honneur se partageaient la la garde! Comment s'étonner de la puissante créatrice d'un pareil milieu?

C'est bien à son foyer qu'il pense et sur son propre ménage qu'il s'exprime en une langue plus particulièrement caressante et douce, quand, dans le prologue des Femmes d'artistes, *l'auteur fait une allusion discrète à une exceptionnelle union particulièrement favorisée :*

C'était l'heure des effusions, des confidences. La lampe éclairait doucement sous l'abat-jour, limitant son cercle de flamme à l'intimité de la causerie, laissant à peine distinct le luxe capricieux des vastes murailles encombrées de toiles, de panoplies, de tentures et terminées tout en haut par un vitrage où le bleu sombre du ciel pénétrait librement. Seul, un portrait de femme légèrement penché en avant comme pour écouter sortait à moitié de l'ombre, jeune, les yeux intelligents, la bouche grave et bonne, avec un sourire spirituel qui semblait défendre le chevalet du mari contre les sots et les décourageurs. Une chaise basse écartée du feu, deux petits souliers bleus traînant sur le tapis indiquaient aussi la présence d'un enfant dans la maison ; et, en effet, de la chambre à côté où la mère et le bébé venaient de disparaître, sortaient par bouffées des rires doux, des gazouillements, le joli train d'un nid qui s'endort. Tout cela répandait dans cet intérieur artistique un vague parfum de bonheur familial...

Et plus loin :

Je suis heureux, complètement heureux. J'aime ma femme à plein cœur. Quand je pense à mon enfant, je ris tout seul de plaisir. Le mariage a été pour moi un port aux eaux calmes et sûres, non pas celui où l'on s'accroche d'un anneau à la rive au risque de s'y rouiller éternellement, mais une de ces anses bleues où l'on répare les voiles et les mâts pour des excursions nouvelles aux pays inconnus. Je n'ai jamais si bien travaillé que depuis mon mariage, et mes meilleurs tableaux datent de là.

Celui qui avait ainsi su mériter le bonheur et conquérir la gloire devait cueillir une autre palme, pas du tout enviable celle-là. L'homme au fin visage dont la ressemblance s'accentuait avec celui du Christ allait connaître aussi le jardin des oliviers et le calvaire.

Alphonse Daudet sentit les premières atteintes de la maladie en 1884. *Tout de suite cabré, il entreprit de se défendre contre elle. Il croyait à une indisposition passagère qu'il surmonterait par un régime approprié. Pendant des années il lutta avec l'espoir de guérir, mais un observateur de cette qualité ne pouvait se leurrer longtemps sur soi. Il enregistra la marche très lente mais constante de son sournois adversaire : il sentait la diminution de ses forces physiques, il voyait son dépérissement. En dépit de toutes les barrières qu'il opposait et de tous les secours de la thérapeutique la plus moderne, il notait ses successives défaites :* « Je faisais ça... Je pouvais ceci... Maintenant plus. » *Un jour, l'embrouillement des jambes ; tel autre, l'impossibilité de courir, de prendre un élan pour traverser la chaussée encombrée de voitures ; à l'occasion des obsèques de Hugo, la difficulté de signer lisiblement son nom sur le registre en présence des curieux. Et l'heure vint à sonner du renoncement définitif et de la suprême acceptation. Le Dr Charcot, son ami, à qui* l'Évangéliste *est dédié, ne crut pas devoir dissimuler la vérité à un caractère de cette trempe. Daudet apprit de lui que l'affection qui le tenaillait était sans remède... Comment lire sans émotion dans* la Doulou *la note brève par laquelle il signale le fait :*

Il paraît que j'en ai pour la vie. Maintenant que je sais que c'est pour toujours — un toujours pas très long, mon Dieu! — je m'installe et je prends de temps en temps ces notes avec la pointe d'un clou et quelques gouttes de mon sang sur les murailles du *carcere duro*.

Ici se découvre une prodigieuse énergie, va jouer le puissant ressort d'une âme exceptionnelle. Daudet fera désormais converger ses efforts vers un but unique : préserver son intelligence. Le corps est sacrifié, plus rien à espérer de ce côté. Se lamenter serait se diminuer. A la souffrance il opposera sa volonté et des anesthésiques. Contre le découragement et le retour sur soi, un remède, un seul, le travail. Comme il l'a écrit, il s'installe dans la douleur.

Ma douleur tient l'horizon, emplit tout...

Et il travaille. De 1884 à la fin de sa vie, l'écrivain, aux prises avec son terrible ennemi intérieur, écrira de superbes volumes. Il amusera l'Europe avec Tartarin sur les Alpes, Port-Tarascon, — *il publiera ses mémoires littéraires, délicieux comme des contes :* Trente ans de Paris, Souvenirs d'un homme de lettres, — *un roman d'un ton inaccoutumé qui déchaîne bien des colères,* l'Immortel, *au sujet duquel l'auteur s'est expliqué; d'autres non moins remarqués :* la Petite Paroisse, Soutien de famille; *d'importantes nouvelles :* le Trésor d'Arlatan, la Fédor; *et des contes encore. Voilà pour les éditeurs.*

Au théâtre, pendant la même période, aidé d'un collaborateur pour trois d'entre elles seulement, il donne six grandes pièces : Fromont jeune, la Lutte pour la vie, Numa Roumestan, l'Obstacle, Sapho, la Menteuse. *Plusieurs de ces pièces connaissent le grand succès.* Sapho, *écrite en collaboration avec A. Belot, triomphe actuellement au répertoire de la Comédie-Française.*

Le travailleur a dompté la maladie. Il la tient en laisse. De temps à autre, et trop souvent, elle regimbe et mord. Il en résulte de longs et pénibles engagements dans lesquels la matière est toujours vaincue.

Un souci lui demeure néanmoins : ce mal qui gronde perpétuellement en lui, il n'accepte pas que d'autres en pâtissent ; jamais il ne sera dans son foyer un trouble-fête. A son épouse si tendrement chérie, à tous les siens, il déguisera son état. Pour ceux-là il sourira aux ardillons qui le déchirent, les « sillons de flammes qui le traversent et l'illuminent » *le trouveront impassible.*

Certain après-midi dans son cabinet de travail, à Champrosay, la journée n'était pas bonne. J'étais venu comme à mon habitude. Le maître visiblement endurait des souffrances atroces. Un ami se trouvait là et Daudet s'épanchait près de lui : un martyre depuis le déjeuner, il a l'impression qu'on lui tisonne les reins avec un fer rougi. A certains moments il ferme les yeux, incline en avant sa belle tête, notre émoi est grand. Un pas léger tout à coup dans le salon à côté, le bouton tourne doucement, la porte s'entr'ouvre : Mme Daudet.

Lui s'est redressé soudain, empoignant le bord de sa table. Il a ramené d'un geste son chapeau qu'il ne quitte guère sur les mèches grisonnantes de son front pâli. Du sang lui monte aux joues, ses yeux tout à l'heure noyés d'ombre s'éclairent d'un sourire. A sa femme qui l'interroge sur sa santé, il répond par un mot gai, rassurant. Elle a refermé la porte, elle est partie. Nous nous taisons. Alors, dans le silence, tandis que Daudet s'abandonne au dossier de son fauteuil, on l'entend murmurer : « Ce n'est rien de souffrir — le tout est d'éviter de faire souffrir ce qu'on aime. » Nous restons muets d'admiration.

Certes, Mme Daudet n'était pas dupe toujours, elle aussi savait masquer ses plus cruelles alarmes. Rien de tendre, de rassurant comme les regards qu'échangeaient les époux ; c'était l'expression même de la confiance et du bonheur.

Quoi d'étonnant, dans ces conditions, qu'en dépit de ce qui sautait aux yeux, de ce qu'on ne pouvait ignorer, cet aspect du crucifié chaque jour plus douloureux, ses amis, ses intimes, ceux qui l'approchaient le plus près se fussent pris au sortilège du bon magicien et eussent pensé que cela pouvait durer, que cela durerait... Hélas!...

Combien de fois ai-je assisté, impuissant et subjugué, à la lutte sourde du patient contre la marée des ténèbres? Aussi, puis-je apporter le témoignage de son invincible résistance et des prodigieux redressements que sa vigilance imposait à sa chair.

***

Un matin, arrivant de bonne heure pour écrire sous sa dictée, je le trouve prostré sur sa table, plié en deux et si pâle! « Au travail, mon fils! » — affectueuse expression qu'il employait parfois avec ses familiers — me jette-t-il, dès mon entrée, après avoir fait effort pour sourire et me tendre sa main amaigrie. « D'abord une lettre. » Il frotte l'une contre l'autre ses mains sous la table avec, par instants, une plainte qu'un coup lancinant lui arrache. Il dicte. Les phrases sont coupées, sans suite. Pour terminer, il donne son adresse, une adresse d'il y a vingt ans, au Marais. Je reste la plume levée. Il s'en aperçoit. « Où ai-je la tête? Un tour de parc, veux-tu? » Il passe les doigts dans ses cheveux, assure son feutre et, repoussant son siège, saisit la canne à béquille d'argent toujours à sa portée. Il s'accroche à mon bras, se met debout, la bouche serrée pour ne pas crier. Il est en équilibre sur ses jambes raidies et se cramponne à moi. Je résiste pour qu'il ne m'entraîne pas et je ne suis guère à la conversation qu'il amorce aussitôt : une question qu'il pose sur mes travaux de lycéen, mes lectures, et qu'il sait rendre attrayante comme toujours... Nous descendons les marches du perron. Je sens là, tout contre moi, en dépit de l'attitude et du ton de la causerie, la douleur qui mord dans ce pauvre corps. Mon Dieu! comme je voudrais pouvoir dire, faire quelque chose pour le soulager! Et soudain, coupant court à ma réponse : « Chantons un peu... » Il fredonne « les Rois » de Bizet, dans son Arlésienne. *Sa voix se fait peu à peu plus assurée, sa marche moins hésitante. Quelques pas encore et c'est d'un ton enjoué qu'il rattrape la conversation. De retour dans le cabinet de travail, sa couverture tirée sur les jambes, il dicte sans le moindre tressaillement, le front un peu incliné, les yeux sur son brouillon, évoquant au loin, par delà les murs, la scène qu'il raconte, des pages de sa belle prose limpide, débordantes de bonne humeur et de vérité.*

C'est ainsi qu'il m'apparaît toujours quand je pense à lui.

André Ebner.

La Doulou *est restée trente ans dans les archives de Madame Alphonse Daudet. La veuve et la collaboratrice du maître hésitait toujours à livrer au public ce terrible témoignage d'un homme clairvoyant entre tous, qui avait étudié sa propre souffrance avec la même pitié lucide qu'il accordait aux souffrances d'autrui, dans son œuvre comme dans la vie.*

Si Alphonse Daudet avait connu avant de mourir ce qu'il avait pu redouter, si sa mort avait été précédée de toutes les horreurs de l'amoindrissement intellectuel et qu'il eût fallu faire le silence sur ses derniers jours, la Doulou *eût été impossible à publier, apparaissant comme l'antichambre tragique de cet* in pace *auquel il fait allusion. Mais il est mort foudroyé, plus maître que jamais de son génie, de sa rayonnante individualité, de son expérience incomparable et* la Doulou *n'est plus qu'une des preuves — la plus triste, mais peut-être la plus féconde — de cette expérience.*

Le temps, à mesure qu'il s'éloigne, laisse dans la pénombre ce qu'il éclairait cruellement et projette sa lumière sur ce qu'on ne pouvait pas voir jadis.

Aujourd'hui, les cris de douleur qui s'élevaient de ces pages sont devenus des « communiqués » de défaites physiques, de victoires morales, échos immortels d'une voix qui dit : « Vous tous qui souffrez, faites de votre souffrance un motif d'élévation ; utilisez votre mal pour oublier votre mal, pour devenir bons, pour devenir meilleurs ; pensez à moi qui, en plein bonheur, en pleine gloire, me suis vu brusquement condamné à mort, et n'ai plus songé qu'à étudier ma souffrance pour la laisser en exemple à mes sosies en douleur ».

I

Μαθήματα-Παθήματα

« Μαθήματα-Παθήματα ». — Les vraies élémentaires — La Douleur.

— Qu'est-ce que vous faites, en ce moment ?
— Je souffre.

Devant la glace de ma cabine, à la douche, quel émaciement ! Le drôle de petit vieux que je suis tout à coup devenu.

Sauté de quarante-cinq ans à soixante-cinq. Vingt ans que je n'ai pas vécus.

⁂

La douche — voisins de cabine : petit Espagnol, général Russe. Maigreurs, regards fiévreux, épaules étriquées.

M. B*** passion de l'absinthe.

Boursiers venant à la fin du jour.

Dans le fond, salle d'armes. Ayat et ses prévôts. Choderlos, le bâtonniste.

Savate. Boxe. M. de V*** (depuis des années, deux douches par jour) va tirer le poids, va se peser dans le fond.

Va-et-vient de la petite voiture.

Les étuves.

Ce M. B*** quelquefois dans la voiture, gras, chair blanche, apparence de santé ; d'autres fois, porté, soutenu, marchotant.

Bruits de la douche, voix sonores, et le cliquetis des épées dans le fond. Tristesse profonde que cela me cause, cette vie physique que je ne peux plus.

Pauvres oiseaux de nuit, battant les murs, les yeux ouverts sans voir...

***

Quel supplice de revenir de la douche par les Champs-Élysées, six heures, un beau jour, rangées de chaises.

La préoccupation de marcher droit, la peur d'être pris d'un de ces coups lancinants — qui me fixent sur place, ou me tordent, m'obligent à lever la jambe comme un rémouleur. C'est pourtant le chemin commode, le moins douloureux pour les pieds car il faut que je marche.

***

Retour de la douche avec X***, un malade de la tête, que je réconforte — que je « frictionne » en chemin, pour le plaisir si humain de me faire de la chaleur à moi-même.

***

« Mal de voisin réconforte et même guérit ». Proverbe du Midi, le pays des malades.

***

« Le navire est engagé » dit-on dans la langue maritime. Il faudrait un mot de ce genre pour traduire la crise où je suis...

Le navire est engagé. Se relèvera-t-il ?

***

Mort du père [1]. Veillée. Ensevelissement. Ce que j'ai vu, qui me revient, qui me hante.

Souvenir d'une première visite au Dr Guyon, rue de La Ville-l'Évêque. Il me sonde ; contraction de la vessie ; prostate un peu nerveuse, rien en somme. Et ce rien, c'était tout qui commençait : l'Invasion.

***

Prodromes très anciens. Douleurs singulières : grands sillons de flammes découpant et illuminant ma carcasse.

Rêve de la quille de bateau, si fine et douloureuse.

Brûlure des yeux. Douleur horrible des réverbérations.

***

Et aussi, dès ce temps-là, fourmillement des pieds, brûlure, sensibilité.

(1) Vincent Daudet, père d'Alphonse Daudet, mort en 1875. La note a été écrite en 1886.

***

D'abord susceptibilité pour les bruits : pelle, pincettes près du foyer ; déchirement des coups de sonnettes ; montre ; toile d'araignée dont le travail commence à quatre heures du matin.

Hyperesthésie de la peau, diminution du sommeil puis crachements de sang.

***

« La cuirasse ». Les premières sensations que j'en ai eues. Étouffement d'abord, dressé sur mon lit, effaré.

***

Premiers temps du mal qui me tâte partout, choisit son terrain. Un moment les yeux ; mouches volantes ; diplopie ; puis les objets coupés en deux, la page d'un livre, les lettres d'un mot, lues à demi, tranchées comme avec une serpe ; coupure en croissant. J'attrape les lettres au vol d'un jambage.

Visite à la petite maison, là-bas (1).

Depuis déjà longtemps, depuis le bromure, je n'avais pas eu recours à la morphine.

Passé là trois heures charmantes ; la piqûre ne m'a pas trop bouleversé, et toujours rendu bavard, extravasé. Toute cette fin de journée un peu roulante et comme absinthée.

(1) Chez M. X***, malade, lui aussi, et qui avait recours à la morphine.

Le soir, dîné avec Goncourt, causerie jusqu'après onze heures, l'esprit libre.

Mauvaise nuit, réveillé en sursaut à trois heures ; pas de douleurs, mais des nerfs et la peur de la douleur. J'ai dû reprendre du chloral — ça m'a fait 3 gr. ½ pour la nuit — et lire vingt minutes.

. . . .

Je suis en ce moment avec le vieux Livingstone, au fond de l'Afrique, et la monotonie de cette marche sans fin, presque sans but, ces préoccupations perpétuelles de hauteur barométrique, de repas vagues, ce déroulement silencieux, inagité, de grands paysages, est vraiment pour moi une lecture merveilleuse [1].

Mon imagination ne demande presque plus rien au livre, qu'un cadre où elle puisse vaguer. — « Je fais trois trous de plus à ma ceinture et je me serre » dit le bon vieux fou, un jour de famine. Quel excellent voyageur j'aurais fait dans l'Afrique Centrale, moi, avec ma contraction des côtes, l'éternelle ceinture que je porte, des trous de douleur, le goût de manger à jamais perdu.

***

Bien singulière cette peur que me fait la douleur maintenant, du moins cette douleur-là. C'est supportable, et pourtant *je ne peux pas la supporter*. C'est un effroi; et l'appel aux anesthésiques comme un cri au secours, un piaillement de femme avant le vrai danger.

***

La petite maison de la rue ***. J'y pense. Je me défends longtemps. Puis j'y vais. Soulagé même dès l'arrivée. Douceur. Jardin. Un merle qui chante.

(1) Deux ou trois ans plus tard, *Vers le Pôle*, de Nansen, devenait à son tour, pour les mêmes raisons, pendant les heures d'insomnie, le livre de chevet d'Alphonse Daudet.

Jambe fauchée. Sans douleur. Terreurs.

***

Forces perdues. Sur le boulevard Saint-Germain, une voiture m'arrive dessus. Marionnette détraquée. (Une autre fois voulu courir après Zézé, dans une allée de Champrosay.)

***

La chaussée à traverser, quel effroi! Plus d'yeux, l'impossibilité de courir, souvent même de presser le pas. Des terreurs d'octogénaire — les petites vieilles macabres des *Fleurs du Mal*.

***

Songes de suicide. — Rencontre de N*** et ce qu'il me dit, continuant ma pensée : ... « Entre la première et la seconde côte ». (Strychnine). — On n'a pas le droit.

***

Mémoire. Faiblesse.
Fugitif de mes impressions : une fumée sur un mur.

***

Effet des émotions vives : deux marches descendues chaque fois. On sent qu'on puise, à ces moments, au foyer même de la vie, qu'on attaque le capital, déjà si bas.

J'ai eu depuis un an cette impression très vive, à deux fois ; une surtout, et pour une cause si niaise, si basse, un stupide drame de domestiques à la campagne. Le duel Drumont-Meyer aussi.

Et chaque fois j'ai senti sur ma figure et par tout mon corps ce curieux creusement, ce travail au couteau, opéré sur mon triste personnage.

Duruy ([1]) me disait avoir été frappé de cette décomposition de mes traits, sur le terrain, en pleine tragédie. Un creux qui reste.

*
* *

De quoi est faite la bravoure d'un homme ? Voilà maintenant qu'en voiture les écarts d'une rosse de fiacre, un cocher pochard, me préoccupent et m'apeurent.

*
* *

Depuis ma maladie, je ne peux plus voir se pencher à une fenêtre ma femme ni mes enfants. Et s'ils s'approchent d'un parapet, d'une rampe, tout de suite, tremblement de mes pieds, de mes mains. Angoisse ; pâleur. (Souvenir du Pont-du-Diable, près Villemagne).

... Du jour où la Douleur est entrée dans ma vie.

([1]) 2e témoin d'Édouard Drumont, lors de son duel avec Arthur Meyer.

*
* *

Endroits où j'ai souffert. Soirée chez les Z***. L'homme au piano, chantant : « Gamahut, écoutez-moi donc — ». Visages blafards, décolorés. Je cause sans savoir ce que je dis. Erré dans les salons. Rencontré Mme G*** malheureuse femme dont je sais les douloureux et lamentables dessous. Les femmes sont héroïques pour souffrir dans le monde, leur champ de bataille.

*
* *

Tous les soirs, contracture des côtes atroce. Je lis, longtemps, assis sur mon lit — la seule position endurable ; pauvre vieux Don Quichotte blessé, à cul dans son armure, au pied d'un arbre.

Tout à fait l'armure, cruellement serrée sur les reins d'une boucle en acier — ardillons de braise, pointus comme des aiguilles. Puis le chloral, le « tin-tin » de ma cuiller dans le verre, et le repos.

Des mois que cette cuirasse me tient, que je n'ai pas pu me dégrafer, respirer.

*
* *

Errant la nuit dans les corridors, j'entends sonner quatre heures à des tas de clochers, de pendules, proches ou lointains, et cela durant dix minutes.

Pourquoi pas la même heure pour tous ? Et les raisons m'en viennent en foule. Au résumé, nos vies sont très différentes les unes des autres, et les écarts de l'heure symbolisent cela.

*
* *

La caserne voisine [1]. Voix de santé, jeunes et fortes. Fenêtres allumées toute la nuit. Taches blanches au fond du couloir.

(1) Caserne Bellechasse.

*
* *

Ce que j'ai souffert hier soir — le talon et les côtes ! La torture... pas de mots pour rendre ça, il faut des cris.

D'abord, à quoi ça sert, les mots, pour tout ce qu'il y a de vraiment senti en douleur (comme en passion) ? Ils arrivent quand c'est fini, apaisé. Ils parlent de souvenir, impuissants ou menteurs.

*
* *

Pas d'idée générale sur la douleur. Chaque patient fait la sienne, et le mal varie, comme la voix du chanteur, selon l'acoustique de la salle.

*
* *

La morphine. Les effets sur moi. Les nausées s'accentuant.

*
* *

Par moments, impossibilité d'écrire, tellement la main tremble, surtout quand je suis debout.

(Mort de Victor Hugo, signature au registre. Entouré, regardé — terrible. L'autre jour, au Crédit Lyonnais, rue Vivienne.)

*
* *

L'intelligence toujours debout, mais la faculté de sentir qui s'émousse. Je ne suis plus bon comme j'étais [1].

[1] En réalité, Alphonse Daudet a exercé pendant les douze dernières années de sa vie un véritable ministère de la charité.

*
* *

Une ombre à côté de moi rassure ma marche, de même que je marche mieux près de quelqu'un.

*
* *

Quelquefois je me demande si ce n'est pas aux inoculations de Pasteur que je devrais recourir, tellement je sens dans ces douleurs suraiguës, ces torsions, ces secouées furieuses, ces crispations de noyé, une analogie avec l'accès rabique.

Oui, en haut de la maladie nerveuse, l'échelon suprême, son couronnement — la rage.

*
* *

Nerveux, méchant depuis le matin. Et puis Julia (1) me déchiffre un cahier de musique tzigane. Dehors, l'orage, grêle, tonnerre — détente.

Un moment humilié de me voir un simple baromètre, engainé de verre, gradué. Je me console en songeant que dans ce baromètre-là les influences atmosphériques déterminent autre chose qu'une montée de mercure. Tant d'idées m'affluent au cerveau, et j'ai découvert une ou deux petites lois humaines, — de celles qu'il vaut mieux garder pour soi.

*
* *

Remis au travail doucement (2). Très content de l'état du cerveau. Des idées toujours, la formule assez commode aussi, mais — il me semble — plus de peine à coordonner. Peut-être aussi l'habitude perdue, car voilà six mois que l'usine chôme, et que les grandes cheminées ne tirent plus.

(1) Mme Alphonse Daudet.
(2) Alphonse Daudet écrivait alors *l'Immortel*.

*
* *

Comme nos désirs se bornent, à mesure que l'espace se rétrécit. Aujourd'hui, je n'en suis plus à désirer guérir — me maintenir seulement.

Si on m'avait dit ça l'année dernière.

*
* *

L'action du bromure diminue comme dépression et perte de mémoire, malheureusement aussi comme moyen curatif.

*
* *

Depuis quelque temps, après une nuit de bon sommeil au chloral, je m'éveille fatigué, nerveux, comme après mes anciennes insomnies.

*
* *

Le maquillage par lourdes plaques du chloral.

*
* *

Bercement divin des nuits de morphine, sans sommeil.

Réveil du jardin, le merle : dessin de son chant sur la pâleur de la vitre; on dirait que c'est dessiné avec la pointe de son bec, ramagé!

*
* *

Les soirs de morphine, effet du chloral. L'Érèbe, le flot noir, opaque, plus le sommeil à fleur de vie, le néant. Quel bain, quelles délices quand on entre là dedans! Se sentir pris, roulé.

Au matin, douleurs, morsures, mais le cerveau libre, peut-être affiné — ou reposé, simplement.

***

Essais de sommeil sans chloral. Paupières fermées. Des abîmes s'ouvrent à droite et à gauche. Dormettes de cinq minutes, angoissées de cauchemars en glissades, dégringolades — le vertige, l'abîme.

***

Douleur toujours nouvelle pour celui qui souffre et qui se banalise pour l'entourage. Tous s'y habitueront, excepté moi.

***

Conversations avec Charcot (1). Longtemps refusé de causer avec lui; conversation qui m'effrayait. Savoir ce qu'il me dirait. « Je vous garde pour la fin ».

Belle intelligence, pas dédaigneuse du littérateur. Son observation : beaucoup d'analogie, je crois, avec la mienne.

***

Jolie causerie, un jour d'été, pendant un déjeuner avec Charcot tout seul. La race latine atteinte, brûlée par le soleil.

Oh! ce soleil! — Canne à sucre en fusion pour épine dorsale. Mais le Nord a l'alcool et se brûle avec.

***

Formes de la douleur.

(1) *L'Évangéliste* lui est dédié.

Quelquefois, sous le pied, une coupure, fine, fine — un cheveu. Ou bien des coups de canif sous l'ongle de l'orteil. Le supplice des brodequins de bois aux chevilles. Des dents de rats très aiguës grignotant les doigts de pied.

Et dans tous ces maux, toujours l'impression de fusée qui monte, monte, pour éclater dans la tête en bouquet : « Processus » dit Charcot.

Douleurs intolérables au talon se calmant en changeant la jambe de place. Des heures, des moitiés de nuit passées mon talon dans la main.

Trois mois plus tard.

Je reprends mes douches. Douleur nouvelle et bizarre pendant qu'on me sèche et frictionne les jambes. C'est dans les tendons du cou — côté droit pour frictions à la jambe gauche et côté gauche pour la jambe droite. Une torture énervante, à crier.

La seringue chargée : antichambre du dentiste.

Sensation de la jambe qui échappe, glisse sans vie. Quelquefois aussi un jeté involontaire.

*
* *

Tremblement de terre ou pont de navire secoué. Geste cliché, les jambes qui tricotent, les bras tendus cherchant un appui. Clichés du geste, si peu nombreux (1).

*
* *

Toujours faire appel à sa volonté pour les choses les plus simples, les plus naturelles, marcher, se lever, s'asseoir, se tenir debout, quitter ou remettre un chapeau. Est-ce horrible! Il n'y a que sur la pensée et son perpétuel mouvement que la volonté ne peut rien. -- Ce serait pourtant si bon de s'arrêter; mais non, l'araignée va, va, nuit et jour, sans trêve, seulement quelques heures, à coups de chloral. Car voilà des années et des années que Macbeth a tué le sommeil.

*
* *

Douleur qui se glisse partout, dans ma vision, mes sensations, mes jugements ; c'est une infiltration.

Longue conversation avec Charcot.
C'est bien ce que je pensais. J'en ai pour la vie.
Cela ne m'a pas porté le coup que j'aurais dû attendre.

(1) Beaucoup des notes qui suivent sont jetées à travers le premier état du manuscrit de *Port-Tarascon.*

« De tous les instants de ma vie ». Je peux dater ma douleur comme Mlle de Lespinasse datait son amour.

***

Depuis que je sais que c'est pour toujours — un toujours pas très long, mon Dieu! — je m'installe et je prends de temps en temps ces notes avec la pointe d'un clou et quelques gouttes de mon sang sur les murailles du *carcere duro*.

Tout ce que je demande, c'est de ne pas changer de cachot, de ne pas descendre dans un des *in-pace* que je connais, là-bas où il fait noir, où la pensée n'est plus.

***

Et pas une fois, ni chez le médecin, ni à la douche, ni dans les villes d'eau où la maladie se traite, son nom, son vrai nom prononcé, « maladie de la moelle »! Les livres scientifiques même l'intitulent « Système nerveux »!

***

Il Crociato. Oui, c'était cela, cette nuit. Le supplice de la Croix, torsion des mains, des pieds, des genoux, les nerfs tendus, tiraillés à éclater. Et la corde rude sanglant le torse, et les coups de lance dans les côtes. Pour apaiser ma soif, sur mes lèvres brûlées dont la peau s'enlevait, desséchée, encroûtée de fièvre, une cuillerée de bromure iodé, à goût de sel amer : c'était l'éponge trempée de vinaigre et de fiel.

Et j'imaginais une conversation de Jésus avec les deux Larrons sur la Douleur.

*
* *

Plusieurs jours de calme. Sans doute les bromures et les belles chaleurs de cette fin de juin.

Cruelles heures au chevet de Julia... Rage de me sentir si cassé, si faible pour la soigner, mais toute ma pitié encore, toute ma tendresse toujours vivante, et mon aptitude à souffrir par le cœur, jusqu'au supplice... Et j'en suis bien content, malgré les terribles douleurs revenues aujourd'hui.

*
* *

Analyse du sommeil par le chloral. — Fini, c'est une roche à pic, que je ne peux plus regrimper.

Par exemple, vingt minutes délicieuses, celles qui coupent mes deux prises de chloral. Lecture que j'ai soin de choisir très élevée. — Lucidité singulière.

*
* *

Deux jours de grandes souffrances.

Contraction du pied droit, avec fulgurations jusque dans les côtes. Tous les tiraillements de ficelles de l'homme-orchestre agitant ses instruments. Sur la route de Draveil, ficelles aux coudes, aux pieds... L'homme-orchestre de la douleur, c'est moi.

*
* *

La vie du mal. Efforts ingénieux que fait la maladie pour vivre. On dit : « Laissez faire la nature ». Mais la mort est dans la nature autant que la vie. Durée et destruction se combattent en nous à forces égales. Comme adresse du mal à se propager, j'ai vu des choses étonnantes. Amours de deux poitrinaires, ardeur à s'accrocher. La maladie semble se dire : « Quelle belle greffe ». Et le produit morbide qui sortirait de là !

Le mot des infirmiers : « Une belle plaie... La plaie est magnifique. » - On croirait qu'ils parlent d'une fleur.

***

Hier soir, vers dix heures, une ou deux minutes d'angoisse atroce dans mon cabinet de travail.

Assez calme, j'écrivais une lettre bête — page très blanche, toute la lumière d'une lampe anglaise concentrée dessus, et le cabinet, la table, plongés dans l'ombre.

Un domestique est entré, a posé un livre ou je ne sais quoi sur la table. J'ai relevé la tête, et, à partir de ce moment, j'ai perdu toute notion pendant deux ou trois minutes. Je devais avoir l'air bien stupide, car le domestique m'a expliqué, devant l'interrogation de ma face, ce qu'il était venu faire. Je n'ai pas compris ses paroles et ne me les rappelle plus.

L'horrible, c'était que je ne reconnaissais pas mon cabinet : je savais que j'y étais, mais j'avais perdu le sens de son endroit. J'ai dû me lever, m'orienter, tâter la bibliothèque, les portes, me dire : « C'est par là qu'on est entré ».

Peu à peu, mon esprit s'est rouvert, les facultés remises en place. Mais je me rappelle l'aiguë sensation de blancheur de la lettre que j'écrivais, rayonnant sur la table toute noire.

Effet d'hypnotisme et de fatigue.

Ce matin, écrivant en hâte ceci, je me rappelle qu'il y a deux ans, en voiture, après avoir fermé les yeux quelques instants, je me suis trouvé tout à coup sur des quais illuminés, dans un Paris que je ne connaissais pas. Tout le corps hors de la portière, je cherchais, regardant la rivière, l'alignement des maisons grises en face, et une sueur de peur m'inondait. Brusquement, au tournant d'un pont, reconnu le Palais de Justice, le quai des Orfèvres, et le mauvais rêve s'est dissipé.

***

Nervosisme. Impossible d'écrire une enveloppe que je sais vue, regardée de tous, et je peux guider ma plume à mon gré dans l'intimité d'un carnet de notes.

***

Modification de l'écriture...

***

Cette nuit, la douleur en petit oiseau-*pück* sautillant ici, là, poursuivi par la piqûre; sur tous les membres de mon corps, à la fourche des articulations; manqué, toujours manqué, et de plus en plus aigu.

***

Deux ou trois exemples où la morphine est vaincue par l'antipyrine. Fulgurations dans le pied, muscles broyés par un camion, coups de lance dans le petit doigt.

***

Épigraphe : *Dictante dolore.*

***

Dans ma pauvre carcasse creusée, vidée par l'anémie, la douleur retentit comme la voix dans un logis sans meubles ni tentures. Des jours, de longs jours où il n'y a plus rien de vivant en moi que le souffrir.

***

Après avoir beaucoup usé d'acétanilide, — bleuissement des lèvres, anéantissement du moi assommé — je viens de faire toute une année d'antipyrine. Deux ou trois grammes par jour. Tous les huit à dix jours, morphine à petites doses. Sans joie, l'antipyrine, et depuis quelque temps d'une action cruelle sur l'estomac et les intestins.

La suspension. Appareil de Seyre.

Sinistres, le soir, chez Keller, ces pendaisons de pauvres ataxiques. Le Russe qu'on pend *assis*. Deux frères ; le petit noiraud gigotant.

Je reste jusqu'à quatre minutes en l'air, dont deux soutenu seulement par la mâchoire. Douleur aux dents. Puis, en descendant, quand on me détache, horrible malaise dans la région dorsale et dans la nuque, comme si toute ma moelle se fondait. Je suis obligé de m'accroupir et me redresser peu à peu, à mesure — me semble-t-il — que la moelle étirée reprend sa place.

Nul effet curatif sensible.

***

Treize suspensions. Puis crachements de sang que j'attribue à la fatigue congestionnante du traitement.

***

. . . .

Tout fuit... La nuit m'enveloppe...

Adieu, femme, enfants, les miens, choses de mon cœur...
Adieu, moi, cher moi, si voilé, si trouble...

. . . .

*
* *

Au lit. Dysenterie. Deux piqûres de morphine par jour, environ vingt degrés. Depuis, impossible de m'en déshabituer. Mon estomac s'acclimate un peu; à cinq, six gouttes, je ne vomis plus, mais je ne peux plus manger. Obligé de continuer le chloral.

Morphine prise auparavant, sommeil très bon. Si piqûre dans la nuit, après le chloral, sommeil interrompu, fini jusqu'au matin. Agitation, toutes les idées en rumeur, succession frénétique d'images, de projets, sujets lanterne magique. Le lendemain, fumée dans la tête, disposition au tremblement.

Chaque piqûre interrompt la douleur pour trois ou quatre heures. Après viennent les « guêpes », ardillonnements çà et là précédant la douleur cruelle, installée.

Stupeur et joie de trouver des êtres qui souffrent comme vous. Duchesne de Boulogne venant réveiller le vieux Privat un soir : « Tous ataxiques! ».

*
* *

L'histoire de X*** m'apparaît aujourd'hui dans tout son navrement. Ténèbres où il a vécu, avec ce mal de la moelle qui le tenaillait déjà, qu'il traînait partout sans que personne, dans ce temps-là, y comprît rien. « Oh! ce X*** », disait-on, « malade imaginaire ». Risée de tous les siens avec son clystère, son pot d'eau de guimauve, etc.

***

S*** prétend que le bromure l'apaise, le rend raisonnable, ratiocineur, le tourne au Prud'homme.

La vie de son père, mangeant debout, toujours en marche, picorant çà et là des assiettes posées tout autour de la salle à manger.

***

X*** et son malade, que je rencontrais à la gare. Tous les diagnostics. Figure de cet homme si riche. Poignées qu'il a fait mettre chez lui, sorte de balustrade, de rampe, où il s'accroche quand la crise le prend. Dort debout, comme un cheval devant sa mangeoire.

Bien pensé à cet homme-là en écrivant *l'Évangéliste*, associant cette image d'un être avec le paysage de rails, train qui arrive, express, maison de D*** R*** qu'on apercevait.

***

X*** me parle de son beau-père. La fille, huit ans près du malade, veillant nuit et jour, le lavant, le retournant ; ongles des pieds et des mains, etc. Donné sa vie à ça. Il meurt avec un petit cri. Stupeur de la pauvre femme devant ce peu, ce rien de vie qui finissait tout de même. « Elle ne va donc pas fermer la bouche » pensait X***, agacé. Dernière toilette, et puis c'est fini. Seule dans la vie maintenant, ne sachant à quoi se prendre, qui aimer, qui soigner. Prisonnier sorti de Melun, après une longue incarcération, et qui se retrouve dans la rue.

***

Lu *La Maladie à Paris*, de Xavier Aubryet. Souffert quatre ans. Tortures de boulevard. Générosité de Brébant; charités de la Maison d'Or.

Piqûres de morphine. Cul-de-jatte.

Très catholique : « Je n'ai que ça... Laissez-moi, mon Dieu...! »

Soigné à la fin par une vivandière qui le terrifiait. Rosserie de Claudin.

Les mains crispées, utiles encore. Aveugle à la fin. Mort à tâtons. Vives douleurs.

*
* *

Xavier Aubryet s'indignant que l'on ne s'occupe pas de lui. Moi, je voudrais être seul, un an, à la campagne; ne voir personne que ma femme. Et les enfants venant tous les huit jours.

*
* *

La Madeleine, au moins, s'est caché.

Fini dans le Midi, près de Carpentras; campagne chez sa sœur.

Pense un jour au Café Riche, une couverture sur ses genoux — regard désespéré sur le boulevard, qui l'avait tué, qui avait tué Aubryet.

La table du Café Riche en face celle du Café Anglais. Torture cérébrale.

*
* *

Journée à Auteuil (1). Jardin plein de roses, où me poursuit dans le doux soleil et l'odeur des fleurs cuites, l'image du pauvre Jules, hébété sous son chapeau de paille, « dans les espaces vides (2) ».

*
* *

Jules de Goncourt et Baudelaire. Maladies de gens de lettres. L'aphasie.

(1) Chez Edmond de Goncourt.

(2) Voir *Journal des Goncourt*, 1870.

***

Préoccupé depuis un mois de la fin du monde dont j'ai eu une précise vision, je lis que Baudelaire, dans les derniers temps de sa vie pensante était hanté par cette même idée de livre. L'aphasie est venue peu après...

***

A joindre Léopardi à la liste des aînés, des sosies de ma douleur.

***

Le grand Flaubert, comme il peinait à la quête des mots! N'est-ce pas l'énorme quantité de bromure qu'il absorbait qui lui faisait le dictionnaire si rebelle?

***

J'ai donné à mon fils (1) pour sujet de thèse : la névrose de Pascal.

***

Un soir, onze heures, lumières éteintes, maison couchée, on frappe. — « C'est moi ». X*** s'assied pour une minute, reste deux heures. Belles confidences sur la manie du suicide qui l'habite. Son frère aîné, son grand-père, etc. Histoire d'O. X***. Haine contre le frère. Le mal nerveux d'O*** dans la tête. Jambes attaquées aussi. Je connais cette roideur automatique, engainée.

***

Henri Heine me préoccupe beaucoup. Maladie que je sens semblable à la mienne.

(1) M. Léon Daudet.

*
* *

Je me demande si, parmi mes sosies en douleur du passé, Jean-Jacques ne devrait pas prendre place, si sa maladie de vessie n'était pas, comme il arrive souvent, prodrome et annexe de la maladie de la moelle.

*
* *

Morphine.

Anesthésique que rien ne remplace.

Colère imbécile qu'il suscite.

Mais est-ce que l'opium n'était pas là auparavant? Benjamin Constant, Mme de Staël en abusaient. Je vois dans la correspondance d'Henri Heine qu'il en prenait tous les jours à forte dose. Curieuse à suivre dans ses trois volumes de lettres, toutes d'affaires, la maladie du poète commençant par des névralgies dans la tête, «tout jeune», puis, huit ans de lit et de tortures.

*
* *

Si j'écrivais un éloge de la morphine, je parlerais de la petite maison de la rue *** (1).

Hélas, fini maintenant. Parti, mon vieux compagnon, celui qui me faisait mes piqûres.

Sensation profonde quand j'ai vu sa montre qu'on m'apportait près de mon lit, sa seringue Pravaz, sa pierre à aiguiser, ses aiguilles qui, tout à coup, m'ont semblé s'animer, grouiller, sangsues venimeuses, dards vivants — de crotales et d'aspics — corbeille de figues de Cléopâtre.

Elle serait belle à écrire, cette vie enclose, sans trop vives douleurs, presque toujours au lit depuis des années. Livres, revues, journaux, un peu de peinture. Et la montre dans son boîtier régularisant cette existence immobile et menue.

(1) Voir page 8.

Il y tenait, à cette vie. Une seule peur : l'angoisse du mauvais passage.

Pauvre ami. C'est fait, maintenant.

***

Habile façon dont la mort fauche, fait ses coupes, mais seulement des coupes sombres. Les générations ne tombent pas d'un coup ; ce serait trop triste, trop visible. Par bribes. Le pré attaqué de plusieurs côtés à la fois. Un jour, l'un ; l'autre, quelque temps après ; il faut de la réflexion, un regard autour de soi pour se rendre compte du vide fait, de la vaste tuerie contemporaine.

. . . .

Deux ans et demi sans notes.

J'ai travaillé (1). J'ai souffert.

Découragement. Lassitude.

Toujours même chanson; des douches ; Lamalou.

Depuis l'année dernière, des troubles dans les jambes. Impossibilité de descendre un escalier sans rampe, de marcher sur des parquets cirés. Parfois je perds le sentiment d'une partie de mon être — tout le bas; *mes jambes s'embrouillent.*

***

Changement d'état : marcher mal. Ne plus marcher.

(1) Pendant ces deux ans et demi, Alphonse Daudet a écrit : *Port-Tarascon*, *l'Obstacle*, pièce en quatre actes et *Rose et Ninette*.

***

Longtemps j'ai eu l'effroi de la petite voiture, je l'entendais venir, rouler. J'y songe moins à cette heure et sans l'épouvante des premiers jours. Il est rare qu'on souffre, paraît-il, quand on en est là... Ne plus souffrir...

***

Piqûre de morphine. Plusieurs fois faite à un certain endroit de la jambe : picotement suivi d'une insupportable brûlure dans le dos, le haut du torse, à la face, aux mains. Sensation sous-cutanée, sans doute superficielle mais terrorisante : on sent l'apoplexie au bout.

Écrit pendant l'une de ces crises.

***

Je voudrais vivre terré comme une taupe, seul, seul.

***

Montaigne, vieil ami ; plaint surtout les douleurs physiques.

***

Croissance morale et intellectuelle par la douleur, mais jusqu'à un certain point.

***

Don Juan blessé, amputé. Ce serait un beau drame à écrire. Lui qui «les connaît toutes» le montrer soupçonneux, rongé, se traînant sur ses pilons pour écouter aux portes, saignant, lâche, furibond, en larmes.

***

La lutte, ce qu'il y a de plus affreux.

Au moins, le jour où il n'y a plus moyen de bouger...

***

Effet de morphine.

Réveil dans la nuit, avec le seul sentiment d'être. Mais l'endroit, l'heure, l'identité d'un moi quelconque, absolument perdus.

Aucune notion.

Sensation de cécité morale EXTRAORDINAIRE.

***

Indirection des mouvements dans la nuit.

***

Première partie : enfermé.

Désiré la prison pour crier : m'y voilà.

Immobile!

Et ensuite?...

C'est cette aggravation de peine qui fait le terrible.

***

Il (1) me nomme son exécuteur testamentaire par une affectueuse attention, pour me faire croire que je vivrai plus longtemps que lui (2)

(1) Edmond de Goncourt.

(2) Ce qui arriva cependant.

***

Le prisonnier voit la liberté plus belle qu'elle n'est.

Le malade se représente la santé comme une source de joies ineffables — ce qui n'est pas.

Tout ce qui nous manque est le divin.

***

Impossibilité de descendre seul mon perron de Champrosay, pas plus que celui de Goncourt. O Pascal!

***

La douleur à la campagne : voile sur l'horizon. Ces routes, ces jolis tournants n'éveillent que l'idée de fuite. S'évader, échapper au mal.

***

Une de mes privations, ne plus faire l'aumône. Joie qu'elle m'a causée. L'homme — main fiévreuse — cent sous dedans tout à coup.

***

Stérilité. Le seul mot qui puisse rendre à peu près l'horrible état de stagnation où tombe par moment l'intelligence d'un esprit. C'est le « sans foi, sans effusion » des âmes croyantes. — La note que je jette ici, inexpressive et sourde, ne parle que pour moi, écrite dans un de ces cruels malaises.

*
* *

Écritures de toute ma vie, depuis des écritures de camarades de collège jusqu'aux petits hiéroglyphes de mon père et sa « Louis XIV commerciale » — tout cela défilant, tournoyant en gyroscope toute une moitié de la nuit. J'en étais brisé ce matin... La fin approche.

*
* *

Obstination des mains à se recroqueviller au matin sur le drap, comme des feuilles mortes, sans sève.

*
* *

Vision de Jésus en croix, au matin sur le Golgotha. L'humanité. Cris.

*
* *

Ce matin, sensations émoussées, comme au lendemain de lourds excès. Effet des mêmes anesthésiques trop longtemps employés.

*
* *

Je voudrais que mon prochain livre ne fût pas trop cruel. J'ai eu la dernière fois le sentiment que j'étais allé trop loin (1). Pauvres humains! Il ne faut pas tout leur dire, leur donner mon expérience, ma fin de vie douloureuse et savante. Traiter l'humanité en malade, dosages, ménagements; faisons aimer le médecin au lieu de jouer au brutal et dur charcuteur.

Et ce prochain livre qui serait tendre et bon (2), indulgent, j'aurais un grand mérite à l'écrire, car je souffre beaucoup. Fierté de ne pas

(1) Allusion à *l'Immortel*.
(2) Ce fut la *Petite Paroisse*.

imposer aux autres la mauvaise humeur et les injustices sombres de ma souffrance.

***

De temps en temps, un souvenir de vie active, d'époques heureuses. Par exemple, les « cazailleurs » napolitains le soir, dans les roches. Le plein du bonheur physique.

***

Retour à l'enfance. — Pour atteindre ce fauteuil, traverser ce corridor ciré, autant d'efforts et d'ingéniosité que Stanley dans une forêt d'Afrique.

***

Ma détresse est grande et j'écris en pleurant.

***

Se dire qu'on pourrait peser, un jour, mettre en fuite...

***

Effroi. Cœur serré. Contact avec la vie si dure, depuis mon isolement dans la douleur.

***

Blessure, blessure d'orgueil de ceux qui nous aiment.

* * *

O puissance de la présence réelle! Depuis que je ne marche plus, qu'on ne me voit plus, j'ai appris à mes dépens à la connaître.

* * *

Le passage du *Carcere duro* au *durissimo.*

Terreurs et désespoirs du début, et, peu à peu, comme le corps, l'esprit, s'accommodent de ce sinistre état.

Voir les dialogues de Léopardi, Le Tasse en prison, etc...

* * *

Existence finie qui n'est plus dans la vie que par le Roman — c'est-à-dire par la vie des autres.

* * *

L'antagonisme, c'est la vie.

* * *

Lutter contre les volontés mauvaises, écueils mouvants qui crèvent le navire sous la flottaison.

* * *

Je ne sais qu'une chose, crier à mes enfants « Vive la Vie! ». Déchiré de maux comme je suis, c'est dur.

*
* *

Mes amis, je coule, je m'enfonce, atteint sous la flottaison. Mais le pavillon cloué au mât, feu de partout et toujours, même dans l'eau, l'agonie.

Tant pis pour les coups perdus et les gafouillades, je tire !

II

AUX PAYS DE LA DOULEUR

. . . .

Cette année, à Néris, les yeux moins aigus ou la table moins intéressante. Quelques types pourtant. Mme M***, femme de magistrat, organisation de parties, grosse mère faisant la fête avec les substituts. « Du champagne et soyons gais! Vous n'êtes pas gai! » Les réceptions à Châteaudun... Deux filles, une grande, prétentions à l'élégance, tête de cheval, quantité de robes dans ses malles; la petite, douze ans, enfant singulière aux yeux noirs sans regard, mouvements clownesques, pâmoisons dont sa mère la tire en lui passant sur les yeux l'or de son « porte-bonheur ». Adresse de singe et de somnambule. Ce que la femme nous raconte de son mari, bizarreries, toquades, hypocondrie, toutes les maladies. Opération aux yeux sans nécessité; quand il va aux eaux avec sa femme et ses enfants, descend dans un autre hôtel qu'elles. Voyage de noces — la chambre divisée en deux : « Chez vous... Chez moi... Vos chaises, les miennes. » Et c'est un juge, ce détraqué! Souvenir du déjeuner pique-nique — la femme par terre, de tout son long, la tête plus basse que les pieds, et sa fausse natte détachée, en rond, lovée comme une couleuvre!

Les « Dames seules ». Mme T***. « Intelligente comme un homme » (?), « élève de D*** », tête d'israélite, longs yeux en rainure luisante, bagout de Paris, histoire avec le violoncelliste du Casino surpris à cinq heures du matin remettant sa cravate dans le petit salon. Mme L***, petite femme au sourire maniéré, aux coins de bouche relevés, fanée, mystérieuse, timide, sans usages, arrivant à table avec des branchages, des buissons de fleurs à la ceinture, puis, honteuse, gênée, arrachant sournoisement sa guirlande d'arc triomphal.

Autre type de « dame seule ». La bonne Mme S*** avec son amie Mlle de X***. Deux mines de sœurs tourières, s'enfuyant de table au dernier morceau pour courir à l'église. Mlle de X*** avec son parler effusionné, grasse, poupine, trente-cinq à quarante ans, le teint frais, les yeux clairs, bonne, naïve, « potin de couvent », fière de deux sœurs richement mariées, de sa famille, petite noblesse bretonne sans le sou et prolifique comme un port de mer. Adoptée par Mme S***. Veuvage, bonté, religion, des yeux tendres, un peu fêlée. Le mari tué à la chasse par son père à elle; fondue en charité; pas d'enfants.

Mme C***, jeune encore, veuve d'un officier de marine, laide, les yeux trop noirs, le nez taché de plaques rouges; petite glace à main où elle regarde tout le temps ce nez. Voit partout des scorpions, des araignées, du sang sur les mains ; toujours seule, marche à menus pas dans les allées du verger, s'immobilise des heures sur un banc, la joue sur sa main, absorbée. Donne à l'hôtel l'aspect d'une maison de fous.

Et puis la générale P***. La « mère de la maréchaussée ». Vient depuis dix ans à l'hôtel, autorité dont elle est très jalouse. Désir de plaire, de conquérir. Tous les pensionnaires qui arrivent ou partent lui présentent leurs hommages! Vieille coquette, fabriquée, « bonne Madame », et donne encore de fiers coups de dents avec son ratelier.

***

Elle est bien comique cette station pour anémiés. On ne se rappelle pas un nom ; tout le temps à chercher; grands trous dans la conversation. A dix pour trouver le mot « industriel ».

***

Mais jamais comme cette fois mes tristes nerfs n'avaient souffert du contact de la promiscuité de l'hôtel. Voir manger mes voisins m'était odieux ; les bouches sans dents, les gencives malades, la pioche des cure-dents dans les molaires creuses, et ceux qui ne mangent que d'un côté, et ceux qui roulent leurs bouchées, et ceux qui ruminent, et les rongeurs, et les carnassiers! Bestialité humaine! Toutes ces mâchoires en fonction, ces yeux gloutons, hagards, ne quittant pas leur assiette, ces regards furieux au plat qui s'attarde, tout cela je le voyais, j'en avais la nausée, le dégoût de manger.

Et les digestions pénibles, les deux W.-C. au fond du couloir, mitoyens, éclairés par le même bec de gaz, si bien qu'on entendait tous les « han... » de la constipation, l'esclaffement de l'abondance, et le froissement des papiers. Horreur... horreur de vivre!

Et tout ce qui circule aux étages sur les infirmités des pensionnaires, leurs manies, leurs pauvres ridicules de malades...

* * *

Silhouette du professeur de mathématiques de Clermont, à Néris. Le premier que j'aie vu atteint de mon mal, mais plus loin que moi sur le chemin.

Je pense à lui, je le vois avançant ses pieds, l'un après l'autre, bien à plat, chancelant : sur la glace. Pitié. Les bonnes de l'hôtel racontaient qu'il pissait au lit.

* * *

Station de névropathes. Silhouettes de béquillards, sur les routes de campagne entre les haies de bois très hautes; on se raconte ses maux, toujours bizarres, imprévus; pauvres femmes toutes simples, des campagnardes affinées par le mal. — Bains de boue dans une forêt du Nord. Installation bizarre. Une rotonde vitrée sur le marais de boue noire où on vous enfonce péniblement. Sensation délicieuse de cette glu chaude et molle par tout le corps; les uns en ont jusqu'au cou, d'autres jusqu'aux bras ; on est là une soixantaine, pêle-mêle, riant, causant, lisant grâce à des flotteurs en planche. Pas de bêtes dans la boue mais des milliers de petites jaillissures chaudes qui vous chatouillent doucement.

Lamalou. Ataxie-Polka. L'établissement. Moyen Age, chemises soufrées. Les piscines ; fenêtres ; ignobles traces. Musiques. Théâtres. Cheminées hautes ; feux de bois ; murs crépis.

*
* *

Dans la cour de l'hôtel, le va-et-vient des malades. Défilé de maux divers, plus sinistres les uns que les autres. Analogie entre tous ces maux, regards brûlants ou atones. Lumière étincelante du ciel bleu — grands vases d'Anduze où poussent des citronniers.

*
* *

Conseils entre malades :
— Faites donc ça !
— Ça vous a-t-il fait du bien ?
— Non.
— Guéri ?
— Non.
— Alors pourquoi me conseillez-vous ?
Manie.

*
* *

Les femmes, sœurs de charité, infirmières, antigones.
Les Russes, asiatiques fermés.
Les prêtres.

La musique : piqûre de morphine.
Les colères.
L'Ambitieux, le « Napoléon sans étoile » dans la piscine.
Les frénétiques.
Les bavards.
Non seulement le Midi, mais la névrose.

***

Mon sosie. L'homme dont le mal se rapproche le plus du vôtre. Comme on l'aime, comme on le fait parler ! Moi, j'en ai deux : un peintre italien, un conseiller à la Cour d'appel, qui, à eux deux, sont ma souffrance.

***

Le théâtre à Lamalou.
L'arrivée des ataxiques. Sommeils de mort.

***

Le chef d'orchestre, premier violon au théâtre, marié à la duègne, joue et dirige avec son bébé endormi sur ses genoux. Exquis.

***

Excessivement comique ce pays de névrosés ; cris, trompettes, sirènes. « La Doulou-le-Haut » accents de montagne, une rue, chars de foins, ostentation de voitures qui vont au pas sur la route, effarements des ataxiques, bicyclettes, âniers. Guerre au couteau entre « La Doulou-le-Haut » et « La Doulou-le-Bas ».

⁂

Cet admirable bavard d'A. B***, trépidant, frénétique, contraire de l'aphasique; mange seul pour ne pas se fatiguer.

⁂

Mot du Dr B*** écoutant Brachet : « Ça m'est très utile ».
Je te crois!

⁂

A table : l'homme qui tout à coup ne peut pas lire le menu. Sa femme pleure, sort de table...

⁂

Lamalou. La petite Espagnole aux cheveux plats, pommadés; douze à soixante ans. Robe rouge, longues boucles d'oreilles, longue tête jaune appuyée sur son osselet de main, sur sa petite chaise; la nuit, dort assise. Peur des rats. Pas logée au rez-de-chaussée.

L'Espagnol qui a pris mal sur son bateau, plus de jambes; longue figure de Robinson Crusoë; porté par son domestique; espadrilles, casquette blanche; coqueluche des bonnes de l'hôtel.

L'homme de la Haute-Marne, dormant au soleil, chargé de mouches. Celui-là mange dehors, vomit toujours dans la morphine, « A quoi bon? » — sous le soleil, dans le vent, dans les corridors.

Le petit choréique, terrible avec ses mouvements désordonnés; plus de parole; père, mère, grand'mère, sœur.

L'homme qui conduisait le Tsar sur une voie qu'on disait minée par les nihilistes. Voyage de vingt minutes au bout duquel ça lui a pris : douleur dans les yeux, puis cécité.

Le bras de cet enfant, une main d'ivoire à gratter au bout d'une règle d'acajou.

***

Le Russe aveugle, parlant de la clinique de la rue Visconti. La grande chambre où il était avec des gens inconnus, qui changeaient, qu'il n'a jamais vus, qui ne l'ont jamais vu.

***

Confidences du commandant B***.

Les adieux au régiment; dernier repas au mess. Vendu son dernier cheval. Différents états de sa cécité. Des jours où, dit-il, « C'est noir... noir... » Alors il a peur. D'autres fois, comme une éclaircie. Sa joie quand on le conduit aux répétitions. « La première chanteuse! » Souvenirs de garnison. Domestique de cercle. Très chic.

***

Et moi aussi, je dis comme l'aveugle : « C'est noir... noir... » Toute la vie a cette couleur maintenant.

Ma douleur tient l'horizon, emplit tout.

Passée, la phase où le mal rend meilleur, aide à comprendre; celle aussi où il aigrit, fait grincer la voix, tous les rouages.

A présent, c'est une torpeur dure, stagnante, douloureuse. Indifférence à tout. Nada!... Nada!...

***

Mystères des maux de femmes; maladies clitoriques. Pâmoison de cette vieille femme de soixante ans.

Héroïsme de la femme avec ses maux.

***

Je pense à la trépidation nerveuse qui doit agiter les filatures, les maisons de tolérance, tous les endroits où le féminin est en tas, aux passages des époques dont elles sont secouées dans le sens de leurs tempéraments divers.

***

M. C*** avec le bruit perpétuel qu'il entend, comme un sifflet de locomotive, ou plutôt un échappement de vapeur. On s'habitue à tout.

***

Joie de l'ataxique constatant son mieux. L'homme aux yeux luisants.

***

Officier ayant perdu la parole à la suite d'une chute de cheval. Quelques mots dans un tremblement. L'air d'un Suédois.

***

Parmi les malades, ce jeune Espagnol polyglotte retrouvant la mémoire de sa petite enfance, ce patois des îles Baléares où il a été en nourrice et gardé jusqu'à cinq ans.

***

C'est à Lamalou seulement que j'ai vu les femmes surveillant leurs maris malades, empêchant qu'on leur parle, qu'on les éclaire sur leur mal.

***

Le Russe aux bras immobiles ; dispute avec sa domestique qui lui roule ses cigarettes et fait les gestes de leurs deux colères.

***

Vieux arbres fruitiers privés de sève, déjetés comme des ataxiques : Lamalou.

***

L'hôtel. Le tableau des sonnettes. Les heures des bains.
Solitude.
Sombreur envahissante.

Les mêmes endroits où l'on revient, comme des coches dans le mur pour marquer la croissance. Changement chaque fois, constatation. Toujours en marche régressive, tandis que les coches allaient montant.

***

Cette année, à Lamalou, des marches d'escalier que je ne peux plus descendre. La marche, horrible. Promenade impossible. Paresse à se lever. Au lit, jambes de pierre douloureuse.

***

L'homme qui regarde les autres souffrir.
Les sosies.

La rue, les voitures au galop.
Lamalou l'hiver.
« Au pays de la douleur ».

***

Des médecins font bâtir à Lamalou. Ils ont la foi! — et des chapeaux noirs!

***

Ah! que je le comprends le mot du Russe qui aime mieux souffrir et me disait hier : « La douleur m'empêche de penser. »

***

Voyage à tâtons d'un des aveugles de Lamalou venu du fond du Japon. Bruits de la mer, des villes, des paquebots...

***

Piscine de famille, d'aspect sinistre. C'est celle où je me baigne le plus volontiers, seul presque toujours. On y descend par quelques marches. Un carré de quatre ou cinq mètres; un cachot de l'Inquisition. Murs crépis, lumière venant d'en haut, par un grand vitrage à tabatière. Un banc de pierre tout autour de la piscine, caché par l'opacité de l'eau jaunâtre.

Seul là dedans avec mon Montaigne, toujours avec moi; fer, soufre, les eaux de toutes les stations y ont marqué leur trace, déposé leur alluvion. Un grand rideau ferme l'entrée, me cache aux baigneuses qui passent ou qu'on essuie devant le feu. Toujours des gens qui bavardent, souvent des gens du Midi qui se racontent leurs affaires.

Même expansivité des gens que partout. Chronique locale des hôtels, chacun ayant la fatuité du sien. Disputes sur la température de l'eau, un thermomètre fantastique que connaît le baigneur. Causeries des piscines voisines, gens qui se reconnaissent, nouvelles des gens de l'an passé, etc.

J'y ai entendu parler de moi, parfois méchamment, d'autres fois avec sympathie. J'entends aussi les garçons, bruyants paysans cévenols, parlant patois, honnêtes, intelligents, robustes, prudents, matois. L'un d'eux depuis quarante ans dans l'établissement.

Le pas des ataxiques, cannes, béquilles, quelquefois le bruit d'une chute. Dialogue des garçons (en patois) : « Qu'est-ce que c'est ? — Ce n'est rien... Le vieux qui s'est encore foutu par terre. »

***

Drame de piscine, rapide, mystérieux. Une voix épouvantée appelant le baigneur : « Chéron!... vite!... » (Crescendo de terreur) « vite!... vite!... ». Tous — voix effarées de peur : « Colard, Chéron! vite!... vite!... »

***

Chez les dames. Bonne vieille sœur. « Pas baignée depuis cinquante ans » dit-elle en entrant.

***

Russes nus dans les piscines, hommes et femmes. Pas de maladies à cacher! Effarement des méridionaux.

***

Ce vieux priape, inondé de laudanum. D'autres, leur virilité perdue.

***

Rencontré cette année beaucoup de diplopies, de maux d'yeux.

*
* *

Des enfants malades.

Causé avec un petit. Certaine fierté de ses douleurs. (Fragilité des os.)

*
* *

S*** B***. Saisons mystérieuses.

*
* *

Érotomanies cérébrales.

Vieux ataxiques au jeu, levant de vieilles femelles qui les emmènent dans une villa lointaine. Retour des deux béquillards, la nuit, par les chemins mauvais.

*
* *

Certains Exotiques ont l'air de grosses mouches noires.

*
* *

Les campagnes du baron de X*** vieux noceur un peu ramolli. A quinze ans, son oncle le marquis de Z*** l'emmenait faire son premier souper au Café Anglais. Ce soir-là, a pris sa feuille de route pour Lamalou. Mais pas de douleurs.

Élégant, cervelle vide, récits mondains. Va à la messe avec son valet de chambre.

*
* *

Lamalou.

X***, fou de douleur. Deux cents gouttes de laudanum par jour. Silhouette : longue redingote, grands gestes.

*
* *

Le commandant Z***. Répétition de danse avec le pauvre aveugle criant aux ataxiques : « En place pour la pastourelle ! » L'air imbécile au milieu du salon.

*
* *

Le père C*** devant l'hôtel ; il ne prend plus les eaux, mais vient là pour voir des ataxiques !

*
* *

Un médecin me dit que dans le Midi catholique bien des femmes qu'il interroge sur leurs maux répondent dans leur trouble : « Oui mon Père... »

*
* *

Chevaux de course auxquels on fait une piqûre de morphine pour les empêcher d'avoir le prix.

Très saisissant aussi le récit que me faisait le baigneur de la lutte à bras-le-corps avec le fou. Jeté sur le lit, l'interne accouru charge sa seringue et lui fait une, deux, trois piqûres à assommer un bœuf. Ça l'a un peu calmé.

*
* *

Réunis, tous ces étranges et si variés malades de Lamalou se rassurent par le spectacle de leurs maux réciproques, similaires.

Puis, la saison finie, les bains fermés, tout cet agglomérat de douleur se désagrège, se disperse. Chacun de ces malades redevient *un isolé* perdu dans le bruit et l'agitation de la vie, un être bizarre que la cocasserie de son mal fait passer pour un hypocondriaque, qu'on plaint mais qui ennuie.

Ce n'est qu'à Lamalou qu'on le comprend, qu'on s'intéresse à son mal.

Le supplice de revenir aux endroits : « — Je faisais ça... Je pouvais ceci... Maintenant plus. »

***

Physionomie nouvelle de Lamalou cette année. Une valse de l'Amérique du Sud *La Rosita*. Le Brésilien dans sa chaise ; teint terreux ; regard désespéré.

***

Façon de souffrir des prêtres.
Détachement de tout du petit Bénédictin.

***

Courses d'autrefois dans ce pays de douleurs. Force de rire encore. Déjeuners. La Bellocquière. Revu tout cela. Villemagne et le Pont-du-Diable. Envie de pleurer. Je me rappelle le mot de Caoudal (1) : « Et dire que je regretterai cela !... »

***

Tous ces chasseurs du Midi, rhumatismes de marais, pris à la macreuse. Quelques-uns font ici des cures préventives.

(1) Dans *Sapho*.

***

La nouvelle piscine. Alors pourquoi quatre ans dans l'autre ?

***

L'enfant porté avec son petit bateau dans la piscine.

***

On devrait changer chaque fois de bains.

***

Je comprends à présent le flottement de la pauvre loque humaine dans la piscine et le lamentable « Attendez que je voie » du malheureux tâtant s'il a ses deux jambes en place.

***

Causeries du célibataire et de l'homme marié. De la jalousie, quand l'homme cesse d'être homme et ne peut plus défendre son foyer.

***

Sur la terrasse de l'hôtel, va-et-vient de malades, petites voitures, gens accompagnés.

Passe une famille, le père appuyé sur sa fille, la mère derrière, un petit honteux. Réflexions : « — Bien malade, ce pauvre monsieur. — Oui, mais sa famille le soigne avec tant d'amour... »

La vision de cette famille, hier, m'a donné l'idée d'un dialogue qui serait intéressant à développer.

LE PREMIER ATAXIQUE. *(Avec une fausse commisération au fond de laquelle on devine le contentement du douloureux qui voit plus douloureux que lui.)*

— Ce pauvre monsieur a l'air bien malade.

LE DEUXIÈME ATAXIQUE. *(Petit, tordu comme un cep, à qui chaque mouvement arrache un cri.)*

— Il n'est pas bien à plaindre ; choyé, entouré... Sa femme, ses enfants; voyez cette grande jolie fille; quelle sollicitude à chaque pas ; comme elle le guette, le surveille! Moi, je vis avec un domestique qui n'est jamais là, m'oublie au salon comme un balai, me regarde souffrir avec indifférence ou une feinte pitié plus odieuse encore.

PREMIER ATAXIQUE.

— Vous ne connaissez pas votre bonheur! Je sais ce que c'est, la douleur en famille, et je peux en parler. A moins d'être un abominable égoïste, on est obligé de retenir ses cris pour ne pas attrister ceux qui vous entourent.

Si vous avez de tout jeunes enfants, vous ne voulez pas leur assombrir les seules heures blanches et heureuses de la vie, leur laisser le souvenir d'un vieux bonhomme de père toujours geignant. Un malade dans une maison, c'est si terrible, si pesant, surtout des malades comme nous, qui durent, qui traînent...

Tenez! vous, rien qu'à vous voir vous tortiller dans une plainte continuelle, il est évident que vous vivez seul, sans gêne, sans contrainte.

DEUXIÈME ATAXIQUE.

— Il ferait beau voir qu'on n'eût pas le droit de se plaindre, quand on souffre!

PREMIER ATAXIQUE.

— Mais je souffre, moi aussi, et en ce moment; mais j'ai pris l'habitude de garder mes souffrances pour moi ; quand la crise est trop forte et que je me laisse aller à une plainte un peu vive, c'est un tel bouleversement autour de moi ! « Qu'est-ce que tu as ? D'où souffres-tu ? » Il faut avouer que c'est toujours la même chose et qu'on serait en droit de nous dire : « Oh ! alors, si ce n'est que ça ! »

Car cette douleur, toujours nouvelle pour nous, notre entourage y est habitué, elle deviendrait vite une fatigue pour tout le monde, même pour ceux qui nous aiment le plus. La pitié s'émousse. Aussi, ne serait-ce par générosité, c'est par fierté que je retiendrais mes plaintes, pour ne jamais lire dans les yeux les plus chers la fatigue ou l'ennui.

Et puis, l'homme seul n'a pas les mille souffrances de l'homme en famille : les enfants malades, l'éducation, l'instruction, l'autorité du père à garder, une femme dont on n'a pas le droit de faire une garde-malade. Et la maison qu'on ne défend pas, qu'on n'est plus en état de défendre... Non, le vrai, pour souffrir, c'est d'être seul.

Le solitaire invoquerait alors toutes les détresses sans épanchement possible, le manque de tendresse, etc..., etc..., et trouverait enfin que les efforts faits par l'homme en famille lui servent souvent à moins souffrir.

Ici s'arrête la Doulou. *Alphonse Daudet avait encore trois ans à vivre. Son amour pour le travail, pour l'échange des pensées, pour la lecture aussi, son désir d'apprendre un peu plus chaque jour (dans les derniers temps les ouvrages de sciences les plus ardus le passionnaient) furent plus forts que son mal. Il cessa de l'étudier et transforma ses tortures incessantes en une bonté chaque jour plus grande, cette bonté effective et soudaine qui lui faisait dire à la fin : « Je ne voudrais plus être que marchand de bonheur.* »

AUTOUR DE
“ LA DOULOU ”

AUTOUR DE " LA DOULOU "

Du vivant même de l'auteur, de ses propres confidences ou d'indiscrétions d'amis, les lettrés n'ignoraient pas qu'Alphonse Daudet songeait à tirer un livre des notes qu'il avait réunies sur la Douleur *dans le but de transmettre à autrui sa personnelle et redoutable expérience. La presse, qui renseignait le public sur les déplacements du romancier, le suivait dans ses cures annuelles à Néris, à Lamalou, et le poursuivait d'interviews, a noté le projet de cet ouvrage.*

Dans le *Journal* du 27 décembre 1897, peu de jours après la mort d'Alphonse Daudet, Jules Hoche s'exprime ainsi :

Il nous souvient que, lors d'une visite faite à Champrosay, il y a quelques années, le maître que nous venons de perdre nous parlait d'un livre qui serait sa dernière œuvre et qui porterait ce titre : *Ma Douleur.*

Ce livre existait tout entier déjà dans les notes éparses en ses carnets, où l'illustre malade a passé en revue tous les névropathes de l'histoire et de l'art, Pascal, Swift, Poë, Flaubert, Xavier Aubryet, Gill, etc., etc., livre effrayant dont chaque page met à nu l'âme criblée de souffrances de l'écrivain terrassé en plein succès par la névrose, ce Protée détrousseur de célébrités, et dresse le bilan de ses misères quotidiennes : l'insomnie inexpugnable, l'effet des poisons composés et dosés chaque soir pour la vaincre du moins quelques heures, les hallucinations de la vue, de l'ouïe, la recherche affolante du calme, du repos, du silence, — d'un silence palpable dont le malade eût voulu envelopper, tout à la fois, son âme et son corps, — et l'affreux désespoir de l'homme qui a été fort, sain, avide de mouvement, de vie physique, et qui se voit miner par le mal, esclave désormais de ses fibres distendues, vibrant à contre-temps, et qui lui transmettent les moindres commotions de l'ambiance ; — vrai livre de dissection, livre cruel vécu par un malade, écrit par un poète.

Car le poète n'y abdique aucun de ses droits. Ça et là, parmi ses notes pathologiques, Daudet a semé des plaintes d'airain, des cris superbes, des images terrifiantes : telle, cette peinture de l'homme atteint par la paralysie générale, et qu'il compare à ces personnages de la mythologie grecque changés en statue ou en arbre, assistant épouvantés au phénomène qui, progressivement, tarit en eux les sources de la vie, rivant leurs pieds au sol, les gagnant de proche en proche, suspendant les mouvements du cœur, ne leur laissant bientôt plus que le cerveau pour souffrir, la bouche pour crier.

Voici maintenant la réponse pleine de belle humeur et bien dans la note de l'auteur, qu'Alponse Daudet adressait, en 1895, *à la Revue du Languedoc qui lui avait demandé ses impressions sur Lamalou :*

Paris, décembre 1895.

Vous me demandez quelques impressions personnelles sur le séjour que je fis à Lamalou-les-Bains, ces dernières années.

. . . .

J'ai gardé de mes séjours à Lamalou le meilleur souvenir et, souvent, je parle à mes amis de votre délicieuse station, que je reverrais avec plaisir en malade reconnaissant.

Je revois, d'ici, ses paysages étranges, entr'autres Notre-Dame de Capimont et sa curieuse et légendaire chapelle de Sainte-Anne-la-Marieuse où les jeunes filles qui désirent un mari, vont, je crois, faire une neuvaine pour se marier dans l'année. J'ai admiré les belles et grandioses cascades de Colombières et de loin, les Gorges d'Eric qui m'ont paru d'une beauté sauvage incomparable.

J'ai déjeuné, — le croirez-vous? — à la Fontaine de Villecelle, coin délicieux en effet, que rend si bien le croquis de votre Revue que j'ai sous les yeux, et où l'âme de l'abbé Courbezon doit revenir parfois ; demandez plutôt à mon vieil ami Ferdinand Fabre. J'ai visité aussi Villemagne-l'Argentière et les restes de son Hôtel des Monnaies, et son Pont-du-Diable, et son Monastère, et sa Chapelle de Saint-Grégoire, en ruines malheureusement, mais bien pittoresque quand même, depuis qu'elle est devenue le poulailler local !

Et maintenant, laissez-moi vous raconter une petite anecdote, bien drôle et qui m'a fait sourire bien souvent en y pensant.

Un jour, de retour d'une promenade réactive au petit hameau de l'Horte, mon ami Causson, président de la société botanique de France, et moi, nous rencontrâmes, sur la route évidemment, un jeune cantonnier, ruisselant de sueur et tirant devant lui une brouette pleine de cailloux.

Causson, de bonne humeur, s'arrêta devant le pauvre diable : — Hé bien, mon ami, il n'est pas rose, n'est-ce pas, le métier de cantonnier?

— *Oh nani moussu,* fit ce dernier, *et baldrio maï ana prène l'assinto que de s'escraûma la pel sus aquelo routo et joust duquel soulhet.*

Pas d'idée générale sur la douleur. Chaque patient se fait la sienne, et le mal varie comme la voix du chanteur, selon l'acoustique de la salle.

Comme j'ai eu l'effroi de la petite voiture, je l'entendais venir, rouler; j'y songe moins à cette heure, et sans l'amertume des premiers jours. Il est rare qu'on souffre, paraît-il, quand on en est là... Ne plus souffrir...

Quel supplice des courses de la douche par les Champs-Élysées, vers six heures, un beau jour, rangées de chaises. La fusée, impossibilité de marcher droit, de peur d'être pris d'un de ces coups lancinants qui me fixent sur place, ou me tordent, m'obligeant à lever la jambe comme un cavalier: C'est pourtant le chemin commode, le moins douloureux pour les pieds.

Le passage à traverser. Quel effroi! Plus d'yeux, l'impossibilité de courir, souvent même de presser le pas. Des terreurs d'octogénaire, les petites vieilles macabres des Fleurs du mal.

10 juin 88. — Repris au travail doucement. Très content de l'état du cerveau. Les idées toujours, la forme assez ouvrée aussi, mais il me semble plus de peine à coordonner, peut-être aussi l'habitude perdue, car voilà bien des mois que l'usine chôme, et que les grandes cheminées ne fument plus.

LA DOULOU

FAC-SIMILÉ D'UNE PAGE DE CARNET DE NOTES.

Causson, je dois vous le dire, ne comprenait pas un traître mot de patois et je dus lui faire la traduction de la réponse du cantonnier.

— Hé, savez-vous, mon ami, ajouta-t-il, quel est l'inventeur de la brouette, puisque vous en traînez une?

— *Sei pas cal moussu* ! fit le cantonnier.

Causson devint tout à coup rêveur ; — C'est très bien, fit-il ! mais il ne faut pas que nous vous dérangions de votre travail. Bonjour, mon ami, et bon courage.

Quand nous fûmes quelque peu éloignés, Causson me dit : — C'est étonnant ! Jamais je n'aurais cru que ce cantonnier, — ce qui est une preuve frappante des bienfaits de l'instruction obligatoire, — eût su que c'était Pascal qui avait inventé la brouette !

Et comme je regardais Causson, cherchant bien à comprendre, je devinai la méprise : Le cantonnier avait répondu : *Sei pas cal*, ce qui signifie en patois languedocien : *Je n'en sais rien* et Causson avait compris : *C'est Pascal !*

Je le laissai quand même en son erreur ; mais elle nous fit bien rire, à l'hôtel, lorsque je racontai l'anecdote à quelques méridionaux, mes amis. Je suis heureux de me la rappeler si bien à propos et de vous en faire part, avec toute la saveur de l'inédit pour vos lecteurs.

Bien à vous.

Alphonse Daudet.

Ajoutons encore d'après l'Echo de Paris :

Après cela, une amusante cascade d'Alphonse Daudet :

Lamalou-le-Haut est pourvu d'appas !
Lamalou-le-Bas ne s'en prive pas !
Nous avons encor Lamalou-le-Centre.
Mais de celui-ci nous n'en parlons pas !
Lamalou-le-Haut, Lamalou-le-Bas,
Quels jolis coins pour prendre ses ébats !

Alphonse Daudet, est un des habitués les plus fervents de Lamalou. Depuis six ans, jamais il n'a manqué de venir y réparer les forces de l'an qui fuit, en chercher de nouvelles pour le labeur de l'an qui vient !

Pour terminer, nous reproduisons ce bel article de Marcel Proust publié dans la Presse du 11 *août* 1897 *:*

Je ne connais qu'un portrait de M. Daudet, celui de Carrière, qui est beau comme l'heure mystérieuse où l'ombre s'épaissit. Ce n'est pas assez pour moi qui, dans toute cette souffrance et toute cette nuit, aperçois, comme au travers du mythe d'Hélios, la touchante victoire de la lumière.

On a tout dit sur M. Daudet artiste, il me semble que j'ai quelque chose à dire sur M. Daudet œuvre d'art.

Dans les autres œuvres d'art la puissance expressive n'est achetée qu'au prix de la plastique de la pureté des lignes. Le feu intérieur en fondant le métal efface l'effigie de la médaille; dans la figure de M. Daudet, l'intensité de la souffrance n'a pas altéré la perfection de la beauté. La gloire de ce front, où la chevelure palpitante est partagée comme deux ailes vastes et légères, n'est pas seulement celle d'un martyr, c'est celle d'un dieu ou d'un roi. Car le charme royal, aisance souveraine des attitudes et des formes, existe ailleurs que dans l'imagination des snobs et les romans pour les portiers.

Moins matérielle que la beauté, moins spirituelle que la hauteur de la pensée et du caractère, cette noblesse visible est, si l'on veut, comme l'habitude de la noblesse intérieure, c'est-à-dire de cette noblesse devenue inconsciente, consécutive des belles lignes du visage et du corps, des mouvements larges et simples de la noblesse incarnée. Seulement, les snobs se trompent en la cherchant sur le trône. Les rois dans ce sens sont aussi souvent parmi les pasteurs que parmi les pasteurs de peuples. M. Daudet est un roi, un roi maure, au visage énergique et fin, comme le fer d'une sarrazine. Un souverain et un prétendant viennent en ce moment à mon esprit, qui sont doués aussi d'une véritable grâce royale. C'est le roi Charles Ier, peint par Van Dyck, et le prince Hamlet figuré par Mounet-Sully.

Mais si le visage de M. Daudet est un noble poème de souffrance et de mélancolie, plein de courage et de foi, un poème héroïque, j'en dois dire maintenant la grandeur réconfortante.

J'osais à peine lever les yeux sur M. Daudet, le jour où je le vis pour la première fois. Je savais que depuis dix ans la continuité de ses douleurs atroces, la nécessité quotidienne de calmants plus dangereux encore, et chaque soir la souffrance de son corps, dès qu'il était étendu, devenant intolérable, il devait avaler une bouteille de chloral pour s'endormir.

Je me rappelais combien un mal, auprès du sien si léger qu'il l'eût goûté comme un répit, m'avait détaché des autres, rendu indifférent à tout ce qui n'intéressait pas mon corps souffrant, vers qui mon esprit restait obstinément fixé, comme un malade demeure dans son lit, la tête tournée contre le mur. Je ne pouvais comprendre comment, à ces attaques quotidiennes d'une douleur incomparablement plus cruelle, M. Daudet avait résisté, mais je sentais que toute la force que l'épuisement, la souffrance et la peur lui avaient pourtant laissée devait être remède contre le mal, au-devant de lui, dans l'attente, et que ma vue lui serait une fatigue, ma bonne santé une insulte, mon existence même une inhumaine importunité.

Alors j'ai vu cette chose sublime qui doit nous faire rougir, lâches que nous sommes tous, ou plutôt qui doit comme la parole de celui par qui nous connûmes qu'au lieu de malades et de serfs, nous étions des esprits et des rois, nous faire lever, rhumatisants et paralytiques, nous rendre à la pensée, esclaves de la chair jouissante ou torturée, nous donner aux autres égoïstes, j'ai vu ce beau malade embelli par la souffrance, ce poète à l'approche de qui encore le mal devenait poésie, comme à l'aimant le fer s'aimante, détaché de soi et tout à nous tous.

préoccupé de mon avenir et de l'avenir d'autres amis, nous souriant, célébrant le bonheur, célébrant l'amour.

Il célébrait aussi la vie, l'employait d'ailleurs mieux que combien de nous, continuant à penser, à dicter, et quand son écriture pouvait toucher, à écrire, ardent pour la vérité comme un jeune homme, passionné de courage, de beauté, nous parlant sans cesse, et plus brave encore nous écoutant.

On parle de courage, et comme il reprochait à ceux qui aujourd'hui médisent du courage et de l'amour, d'appauvrir, d'épuiser les forces vives de la vie, il sortit un instant, jetant encore de la porte une parole brûlante. Quant, au bout de quelques instants, il rentra, il reprit la conversation où il l'avait laissée, l'attisant avec le même feu, un feu qui jette des flammes et qui chante ; car sa voix crépitante et douce est comme un instrument de musique, de musique de fête dans un pays de soleil.

Et pourtant j'appris que, s'il nous avait un moment quittés, c'est que la douleur était devenue si vive qu'à peine sorti du salon il se trouva presque mal.

Et je me rappelle, maintenant, que, quand il rentra, son front brillait de gouttes de sueur. Il semblait sortir d'une lutte, mais il respirait le calme de la victoire. Sur ce beau front, dans ses yeux où la flamme, de la jeunesse encore, était déjà, selon le beau dire de Victor Hugo, de la lumière, je voyais les traces du combat de la lumière, de la pensée, d'Hélios, contre les perfides esprits de la nuit. Hélios a vaincu, lentement les a repoussés dans le royaume sombre.

Depuis plusieurs années, M. Daudet va mieux, après sa longue passion nous pouvons tous entonner le cantique du jour de Pâques : « Il est ressuscité ».

Après un voyage en Angleterre, dernier acte d'héroïsme qui semblait devoir lui coûter la vie, la vie est reconquise. Dans le corps, il semblait qu'il n'y eût plus la force d'où tirer tant d'espoir. Eh bien, du tout, une autre force, la force de cette énergie qui avait, en 1870, fait face aux ennemis et qui dut se centupler dans ce combat effrayant, incessant et silencieux, combat assis, combat couché contre l'ennemi, c'est son âme qui a recréé l'espoir, la vie. Ce n'est qu'à l'énergie que la vie se donne. Pour rendre Alceste à Admète, il fallut Hercule.

Et cette fois — voyez le divin trésor d'Arlatan — Hercule a épousé la Jeunesse Éternelle. M. Daudet va mieux ; c'est une parole que personne ne peut écouter sans trouble ; bonne nouvelle d'un monde que nous ne connaissons pas ou que nous connaissons seuls et qui de temps en temps envoie un fait éloquent, nous annonce que par-dessus la loi de fer de la nécessité physique, il y a la loi de la lumière, de la grâce et de l'âme.

C'est pourquoi, je sais et crois que tout homme aurait joie et profit spirituel à aller souvent dans l'appartement sanctifié par tant de mystères de la rue de Bellechasse, en pèlerinage auprès de cette œuvre d'art délicate et profonde qu'est M. Daudet.

La nature, dans un langage autrement expressif et vivant que le nôtre, car elle use de prunelles plus transparentes et plus profondes que nos symboles, de peau plus fine, plus subtilement colorée que nos images, de rude et nerveux vocabulaire, des muscles plissés par la souffrance et redressés par l'énergie, nous anime de tout le sens de la beauté, de la volonté et de la douleur.

C'est ainsi que toute chose de la nature et tout fait de l'âme est plein de poésie qui attend son poète, de signification qui réclame un interprète.

La mission du poète, sans doute moins haute, est, par là, aussi inépuisable que celle du prêtre, puisque, si toujours une nouvelle âme tend à celui-là quelque misère à secourir, toujours une nouvelle créature donne à celui-ci toute une poésie captive qu'il doit délivrer, pour qu'elle plane ensuite au-dessus des esprits des hommes. Aujourd'hui, j'ai voulu seulement montrer comme, tout près de nous, la vie nous propose de beaux sujets de méditation, et, car un terme sacré est à sa place dans un sujet religieux, d'élévation.

L'ÉDITION ORIGINALE

Le présent volume de l'édition des *Œuvres complètes* constitue l'édition originale de *la Doulou*. Il a été précédemment effectué, aux dépens d'un groupe d'admirateurs de l'auteur, un tirage préoriginal à 125 exemplaires, sur papier du Japon, non mis dans le commerce, dont la description suit :

ALPHONSE DAUDET || LA DOULOU || *[Épigraphe:]* DICTANTE DOLORE || *[Marque de l'éditeur]* IN OFFICINA || SANCTANDREANA || LIBRAIRIE DE FRANCE || 110, BOULEVARD SAINT-GERMAIN, 110 || PARIS.

1 vol. petit in-12, s. d. (1929), imprimé par Villain et Bar, couverture crème rempliée, imprimée en violet.

1 feuillet blanc, faux-titre, 1 feuillet pour la justification du tirage, portrait frontispice tiré en bistre, titre, 102 pages, 1 feuillet blanc, 1 feuillet pour l'achevé d'imprimer plus 1 feuillet blanc. — Le volume, en feuilles, est présenté dans un cartonnage rose, sous un emboîtage.

LE
TRÉSOR D'ARLATAN

ALPHONSE DAUDET

ŒUVRES COMPLÈTES ILLUSTRÉES

ÉDITION NE VARIETUR

LE TRÉSOR D'ARLATAN

1897

ILLUSTRATIONS

DE

RENÉ PIOT

PARIS

LIBRAIRIE DE FRANCE

10, BOULEVARD SAINT-GERMAIN, 110

1930

ÉPIGRAPHE

EN CAMARGUE

Coumo fai bon quand lou mistrau
Pico la porto emé si bano
Estre soulet dins la cabano
Tout soulet coumo un mas de Crau.

E vèire pèr un pichot trau
Alin bèn liuen, dins lis engano
Lusi la palun de Girau ;

E rèn ausi que lou mistrau
Picant la porto emé si bano,
Enterin pièi quauqui campano
Di rosso de la Tour-dòu-Brau.

Comme il fait bon quand le mistral — pique la porte avec ses cornes — être tout seul dans la cabane, — tout seul comme une ferme de Crau.

Et voir par un petit trou, — là-bas, bien loin dans les salicornes, — luire le marais de Giraud.

Et ne rien entendre que le mistral — piquant la porte avec ses cornes, — puis entre temps quelques sonnailles — des cavales de la Tour-du-Brau.

I

Monsieur Henri Danjou,
Paris.

Au reçu de votre lettre, mon cher enfant, le vieux Tim a flambé de joie comme un feu de la Saint-Jean. Oui, si ce que vous dites est vrai, si sérieusement vous voulez en finir avec Madeleine Ogé, vite, votre malle, et arrivez-moi ; j'ai ce qu'il vous faut. Non pas ici, dans les pins de Montmajour. Pour l'expérience que vous tentez, l'endroit n'est pas assez sauvage ; je reçois des revues, des journaux où vous trouveriez le nom de votre diva et le détail de ses prouesses, sans compter qu'elle adore le Midi et serait bien capable, vous devinant à Montmajour, de venir jouer *Madame Camargo* ou *la Périchole* au théâtre d'Arles, comme il y a dix ans. De Montmajour, quand le ciel est clair, noux entendons chanter les filles d'Arles. La voix de Madeleine nous arriverait encore plus sûrement, mon pauvre Franciot (1), et vous seriez rebouclé tout de suite. Aussi, le refuge que je vous offre est-il un coin bien autrement perdu et loin de tout, où les périodiques n'arrivent pas, où il n'y a pas de vitrine pour les photographies des jolies actrices, et dont voici le très exact itinéraire :

(1) Franciot, Franciman, dénomination provençale du Français du Nord.

Arrivé en Arles par le train de Paris, le train de nuit, vous gagnez le quai du Rhône, seul vivant à cette heure matinale. Le bateau à vapeur qui fait le service de la Camargue chauffe au bas des marches. Six heures, on embarque. Avec la triple vitesse du courant, de l'hélice et du mistral, se déroulent les deux rivages. A gauche, la Crau, une plaine aride, pétrée; en face, la Camargue prolongeant jusqu'à la mer son immense delta de moissons, d'herbe courte et de marécages. De temps en temps, sur bâbord ou tribord, vers Empire ou vers Royaume, pour parler comme nos mariniers du Rhône, le bateau s'arrête à quelque ponton, débarque des tâcherons chargés d'outils, des filles de journée, le panier au bras, sous leurs longues mantes brunes. A la quatrième ou cinquième escale en rive de Camargue, quand vous entendrez appeler le mas de Giraud, descendez.

Devant la vieille ferme provençale des marquis de Barbentane, avec son large banc de pierre et son auvent de cannes sèches, la carriole de Charlon vous attendra. Vous vous rappelez Charlon, le fils aîné de Mitifio, notre vieux garde de Montmajour, qui vous a mis en main votre première carabine? Aujourd'hui, Mitifio, rongé de rhumatismes, comme son maître, ne peut plus entrer dans ses houseaux sans d'horrifiques grimaces ; et c'est à son fils que j'ai confié la garde de ces giboyeux étangs de Camargue, dont je vous ai souvent parlé. Charlon, prévenu de votre arrivée, doit vous conduire à la Cabane, notre rendez-vous de chasse, et vous installer. Logé à deux ou trois cents mètres de vous, il sera jour et nuit à vos ordres et fournira votre table de gibier et de poisson, que la belle Naïs vous cuisinera à la camarguaise.

Cette Naïs, devenue la femme de Charlon, vous l'avez fait danser à votre dernier voyage à Montmajour, il y a cinq ou six ans : c'est la fille d'un de nos ménagers en terre de Crau, et je me souviens de vos cris d'admiration, un dimanche de ferrade, de course de taureaux, en la voyant arriver à cheval dans le rond, les fers au poing, ses beaux cheveux roux tordus sous sa petite coiffe d'Arles. Vous serez sans doute bien aise de la revoir. A part le ménage Charlon, pas un voisin, pas une âme ; il y a bien un gardien de chevaux, logé vers l'étang du Vaccarès, mais le Vaccarès est à une bonne lieue de la Cabane, et d'ailleurs, chez ce gardien, pas plus que près de Naïs et de Charlon, vous n'entendrez jamais prononcer le nom de Madeleine, personne ne vous parlera d'elle, rien ne vous rappellera son image. Moi-même, je n'irai vous voir que si vous me faites signe; il faut que l'expérimentation soit complète.

Entre nous, mon cher petit, je n'ai qu'une demi-confiance dans ce traitement par la solitude et l'oubli. N'est-ce pas au désert que Jésus fut le plus violemment tenté et tourmenté ? Aussi, munissez-vous, même là-bas, de vouloir et de fermeté ; et si vous sentez venir le péril, faites comme les bœufs en Camargue, les jours d'ouragan. Ils se serrent entre eux, toutes les têtes baissées et tournées du côté de la bise. Nos bergers provençaux appellent cette manœuvre : *vira la bano au gisclo*, tourner la corne *au gicle*, à l'embrun. Je vous la recommande, la manœuvre.

T. DE LOGERET.

Avis. — On manque de tout, à la Cabane. Un cornet de poivre à se procurer est une aussi grosse affaire que pour Robinson Crusoé un voyage à son navire. Apportez bougies, sucre, thé, café, conserves ; et pardon pour ces détails bourgeois en si grave et sentimentale occurrence.

II

A la porte du mas de Giraud, l'homme attendait avec sa carriole. Danjou eut quelque peine à reconnaître le fils de Mitifio dans cette figure en lame de sabre, ces traits creusés, vieillis.

«Tu as été malade, Charlon? lui demandait-il pendant qu'ils marchaient tous deux derrière la carriole aux bagages et s'enfonçaient dans le bas pays.

— Malade, moi?... Jamais, monsieur Henri. Seulement, chaque année, aux grosses chaleurs, tous ces clars (1), toutes ces roubines (2) que vous voyez frétiller et reluire comme de l'argent-vif, tout ça devient de la vraie pourriture, et rien que pour tirer un halbran, on est sûr de rentrer avec la fièvre. C'est ça qui vous travaille la peau!»

Ici, Charlon cligna vers l'élégant Franciot à barbe de reître son petit œil jaune de trappeur fait aux affûts de terre et d'eau : «Mais, vous-même, monsieur Henri, il me semble que vos joues ont coulé... Pourtant, vous n'avez pas nos fièvres de marécage, à Paris.

— Si fait... et des fièvres très mauvaises ; je viens en Camargue pour essayer de m'en guérir.»

Danjou avait parlé sérieusement. Le paysan lui répondit sur le

(1) Etangs.
(2) Canaux d'irrigation.

même ton de gravité : « C'est vrai que, dans cette saison, notre pays est tout ce qu'il y a de plus sain. »

Les terres du mas de Giraud dépassées depuis un moment, ils arrivaient en pleine Camargue sauvage. C'était une ligne uniforme, indéfiniment prolongée, coupée d'étangs et de canaux, étincelants dans la blondeur des salicornes. Pas d'arbres hauts ; des bouquets de tamaris et de roseaux, comme des îlots sur une mer calme. Çà et là des parcs de bestiaux étendant leurs toits bas presque au ras de terre ; des troupeaux dispersés, couchés dans l'herbe saline, ou cheminant serrés autour de la grande roulière du berger.

Pour animer le décor, la lumière d'une belle journée d'hiver méridional, le mistral qui soufflait de haut, fouettant et brisant un large soleil rouge, faisant courir de longues ombres sur un ciel bleu admirable.

« Et ta femme, la belle Naïs ? tu ne m'en parles pas, Charlon ?... »

Sous son feutre sans couleur déformé par tous les temps, le garde fronça d'épais sourcils :

« C'est celle-là que les fièvres ont changée. Elle les a autant dire d'un bout de l'année à l'autre... Ainsi, en plein hiver comme nous sommes, hier matin son accès l'a reprise, et depuis deux jours, elle ne fait que grelotter... cla... cla... Ah ! la belle Naïs, que vous avez fait danser tout un soir, à la vote de Montmajour ; celle qui s'en croyait tant, de tourner à votre bras et d'entendre dire autour d'elle : « *vé*, comme ils sont galants... » celle-là, ma pauvre femme ne lui semble plus guère, et ce n'est pas moi qui m'en plaindrai. Je l'aime mieux moins belle et toute pour moi seul. »

Ce fut dit d'un accent de sincérité et de colère dont le Franciot resta saisi : « Tu es jaloux, Charlon ? » et avec ce besoin si humain de tout ramener à nos propres misères : « Que serais-tu devenu, alors, si tu avais pour femme une actrice, une chanteuse, obligée de se déshabiller tous les soirs pour le public, de montrer ses bras, ses épaules ?... »

Les prunelles du garde étincelèrent :

« Ce n'est pas des métiers pour nos femmes, ça, monsieur Henri ; je ne saurais donc quoi vous en dire. Seulement je me rappelle qu'un soir, en Arles, je suis entré dans un café chantant, où il y avait une de ces dames du théâtre, tirant un peu vers Naïs comme ressemblance. Un moment, elle a fait la quête après avoir chanté, et de la voir passer contre ma veste rude, avec toute sa peau qui luisait sous les lumières, l'idée que ça pouvait être ma femme m'a traversé, en même temps qu'une envie de pleurer, de crier, quelque chose que je ne peux pas rendre... J'ai été obligé de sortir, je crois que je l'aurais étranglée. »

Il y eut un instant de silence.

Danjou, songeant à la belle impudeur de certaines femmes de théâtre, revoyait la loge de Madeleine, aux Délassements, l'actrice se déshabillant à l'entr'acte devant n'importe quel petit scribouillon qu'elle appelait « mon auteur », pendant que l'amant se dévorait, obligé de sourire, de passer des épingles à l'habilleuse avec des mains pleines de rage jalouse et d'envie de massacrer.

On arrivait à la Cabane, heureusement; et l'installation, le déjeuner rustique devant un grand feu clair de pieds de vigne et de tamaris, rejetaient bien loin toutes ces infamies. Tandis que Charlon, lambin à table comme tous les paysans, finissait d'émietter son fromage de *cacha* à la pointe du couteau, Henri Danjou inspectait ce singulier pavillon de chasse, type de la maison camarguaise, qui allait lui servir de sanatorium. L'unique pièce, vaste, haute, sans fenêtre, au toit, aux murs de roseaux desséchés et jaunis, prenait jour sur l'immense plaine par une porte vitrée qu'on fermait le soir, avec de grands volets. Tout le long des murs crépis, blanchis à la chaux, pendaient des fusils, des carniers, des bottes de marais. Sur la haute cheminée de campagne, où s'accrochait le *caleil*, la petite lampe de cuivre à forme antique, quelques volumes dépareillés de la bibliothèque néo-provençale traînaient parmi de vieilles pipes et des paquets de férigoule desséchée, *Mireille* et *Les Iles d'or*, de Mistral, *La Grenade entr'ouverte*, d'Aubanel, *La Farandole*, d'Anselme Mathieu, *Les Margueridettes*, de Roumanille. Au milieu de la pièce, un mât, un vrai mât, planté au sol, montait jusqu'au toit en pointe auquel il servait d'appui ; et, dans le fond, deux grands lits-berceaux étaient alignés contre le mur, abrités d'un rideau d'indienne bleue.

En face de la Cabane s'entrevoyait la maison du garde, derrière un bouquet de roseaux d'Espagne. Un peu de fumée montait du toit, juste à ce moment.

« C'est Naïs qui est en train de se faire une eau bouillie, pecaïre ! » soupira Charlon, la bouche pleine, dans un apitoiement égoïste et naïf. Danjou demanda : « Mais, puisqu'elle est malade, qui donc nous avait dressé ce joli couvert ?

— La petite, pardi !... celle qui vous servira votre dîner ce soir.

— Quelle petite ?

— Zia, la sœur de Naïs, qui est venue passer quelque temps avec nous. C'est vif, c'est avenant, ça vous a déjà un biais de ménagère. Dommage qu'elle va retourner chez les grands-parents, pour faire son *bon jour*, sa première communion, comme vous dites dans le Nord. »

Voyant que le Franciot, l'inventaire fait de l'habitacle, s'apprêtait à sortir, il se leva vivement, prêt à le suivre, selon les ordres du maître. Mais Danjou ne voulut pas :

« Merci, merci, Charlon... Va plutôt remiser ton cheval qui s'ennuie, depuis une heure, à brouter l'herbe devant la porte. Moi, je file, jusqu'à ce soir. »

A perte de vue, autour de la Cabane, s'étalait un gramen ras et fin, criblé de petites fleurs d'hiver, qu'on ne rencontre qu'en Camargue, et dont quelques-unes, comme les saladelles, changent de couleur à chaque saison. Après une heure de marche sur ce gazon velouté, élastique, où de rares arbustes, apparus de loin en loin, gardaient l'empreinte du mistral et restaient tordus, couchés vers le sud, dans l'attitude d'une fuite perpétuelle, le Parisien se trouva devant l'étang du Vaccarès, deux lieues d'eau, sans une barque, sans une voile, deux lieues de vagues rayonnantes et d'un doux clapotis attirant des bandes de macreuses, de hérons, des flamants aux ailes roses, parfois même des ibis, de vrais ibis d'Égypte, bien chez eux dans ce soleil splendide et ce paysage muet. Surtout, ce qui se dégageait pour lui de cette solitude, c'était une impression d'apaisement, de sécurité, qu'il éprouvait pour la première fois depuis son départ de Paris.

Ah! la joie d'oublier, de ne plus penser, du moins ne plus penser à cette femme, ne plus se dire : « Cinq heures, la répétition est finie. Va-t-elle revenir tout droit du théâtre, ou si elle s'arrêtera au Suède, avec ses hideux cabots ? » Comme tout cela lui semblait loin, en ce moment ; comme il se sentait abrité, défendu par cet espace infini d'horizons bleus et de ciel ouvert!

A mesure que le soleil descendait lentement sur l'eau, le vent s'apaisait. On n'entendait que le léger déferlis des vagues et la voix d'un gardien de chevaux rappelant son troupeau dispersé au bord de l'étang : « Lucifer!... l'Estelle!... l'Esterel!... » A l'appel de son nom, chaque bête accourait, la crinière au vent, et venait manger l'avoine dans la main du gaucho qui, descendu de cheval, sa veste de futaine sur l'épaule, de grands houseaux montant par-dessus le genou, s'accotait à la lourde selle en lisant un petit livre à couverture rose. C'était si beau, sous le soleil tombant, toutes ces crinières envolées et le geste majestueusement distrait de ce gardien distribuant l'avoine qu'il tirait d'une cartouchière de cuir, sans se détourner de sa lecture!

Danjou s'approcha, curieux, de l'homme et de son livre :

« Ce que vous lisez là doit être bien intéressant? »

Une tête assyrienne, aux grands traits corrects, à la barbe longue et grisonnante sur un teint de vieil ivoire tout carrelé de petites rides, se releva et prononça d'une voix rauque, d'un ton satisfait, zézayant entre des dents blanches et luisantes comme des amandes :

« Très intéressant, en effet, mon cér ami... Ça s'appelle... attendez un peu que je regarde... ça s'appelle... l'*Anti-Glaireux*. »

Voilà ce qu'il lisait, dans ce cadre grandiose, avec cette pose de héros; une de ces notices qui entourent les fioles pharmaceutiques... l'*Anti-Glaireux!*... Et pour achever d'éblouir le monsieur de Paris, il ajouta :

« J'en ai une provision, de ces broçurettes... Je les ai açetées à la vente d'un apothicaire de la Tour-Saint-Louis. Tout ça fait partie de mon trésor... le trésor d'Arlatan, fameux dans toute la Camargue... Si vous me venez voir un jour, je vous le montrerai. Ma cabane est là, dans ce creux... Bonnes vêpres, mon cér garçon.

— Bonsoir, maître Arlatan. »

Le retour, dans le crépuscule, fut exquis. En se hâtant vers la Cabane, Danjou entendit encore un moment la voix de l'anti-glaireux qui ralliait ses chevaux pour la nuit, puis ce bruit fit place à un piétinement immense, pareil à de la pluie.

Des milliers de moutons, rappelés par les bergers, harcelés par les chiens, se pressaient du côté des parcs. Il se sentait envahi, frôlé, confondu dans ce tourbillon de laines frisées, de bêlements, une houle véritable qui semblait porter les bergers avec leur ombre. Un moment après, un long triangle de canards passa volant très bas, sur le ciel assombri, comme s'ils voulaient prendre terre. Soudain, celui qui tenait la tête de la colonne dressa le cou, remonta avec un cri sauvage, et toute la troupe derrière lui.

C'est la porte de la Cabane, invisible jusqu'alors, qui venait de s'ouvrir, découpant sur la plaine un grand carré de lumière flamboyante; en même temps se montrait une longue et souple silhouette d'Arlésienne, mante brune et petit bonnet, allant du côté des Charlon et frôlant dans le noir le Franciot qui crut reconnaître son ancienne danseuse de Montmajour :

« Bonsoir, Naïs... »

Un rire étouffé fut l'unique réponse de la jeune femme, magiquement évanouie parmi l'ombre environnante.

Dedans, la table était mise pour un seul, la lampe et le feu allumés ; et pendant qu'une odorante soupe d'anguille aux herbes fumait sur la nappe, entre un fiasque de piquette rose et une couronne de pain très blanc, deux ou trois petits plats couverts, en train de mijoter devant la cendre chaude, à côté d'assiettes de rechange en terre jaune, disaient à la bonne franquette : « Voilà le dîner, servez-vous. » Dans cet énorme espace noir, ce couvert mis, cette cabane déserte et allumée, c'était charmant de mystère et d'inattendu.

Il mangea de meilleur appétit encore que le matin, un volume de Mistral près de lui, sur la table, mais ne le lisant guère, hypnotisé par le grand silence de l'ombre alentour et les bruits qui, par instants, la traversaient. Tantôt un vol de grues filant au-dessus de la cabane, avec le froissement des plumes dans l'air vif, le craquelis des ailes surmenées, gonflées comme des voiles. Tantôt une note triste qui passait et roulait au fond du ciel, en ronflement de conque marine. Sa porte ouverte, il cherchait à définir quel pouvait être cet étrange cri, quand le garde-chasse parut, précédé des ronds lumineux et sautillants d'une grosse lanterne.

« Ça, monsieur Henri, c'est le *bitor*, que nous disons... il pêche avec un grand bec qui fait ce roulement au fond de l'eau... rrrooou. C'est un joli coup de fusil, et fricoté par Naïs, en daube, ça ne sent pas trop le palun.

— Ta femme est une maîtresse cuisinière, Charlon ; seulement pourquoi ne reconnaît-elle pas ses vieux amis ?

— Mais, monsieur, ce n'est pas Naïs que vous avez rencontrée, c'est Zia, qui est aussi grandette que sa sœur, quoiqu'elle n'ait guère plus de quinze ans.

— Quinze ans, Zia ? Et elle n'a pas fait sa première communion encore ? »

Charlon ne répondit pas. Sa lanterne venait de s'éteindre sous un coup de vent du Sud qui s'était levé brusquement. Ils rentrèrent dans la Cabane et, courbés vers le feu, fumaient leurs pipes sans parler, quand le garde reprit d'une voix triste :

« Ah ! ce qui se passe dans les têtes de ces petites chattes... celle-là, voilà trois fois qu'au moment de faire son bon jour, M. le curé la remet à une autre année... Pourtant, elle a toute l'instruction qu'il faut. Son catéchisme, elle le récite sur le bout du doigt. Et puis, une brave enfant, de toute manière... Pas moins, il y a quelque chose qui ne va pas, puisque notre capelan, qui est le meilleur des hommes... Naïs et moi, nous ne savons que penser. »

Il se leva pour jeter une souche dans le feu qui s'endormait, et tout de suite, à la rose montée de la flamme, ses idées se rassérénèrent. Sûrement ils allaient en finir avec cette méchante histoire. Le temps de la communion approchait, et la petite n'ayant pas bougé de chez eux depuis la maladie de Naïs, ça lui avait servi de retraite. Là-haut, à Montmajour, on était trop près de la ville et de ses tentations, magasins à glaces et à dorures, étalages de dentelles, de bijoux et de nœuds de velours, tout ce dont le diable se sert pour détourner les fillettes, tandis qu'en Camargue...

« Oh ! en Camargue, c'est bien simple, interrompit Danjou en riant... Comme tentation de l'enfer et miroir aux alouettes, je ne vois que le trésor de... comment s'appelle-t-il ?... le trésor d'Arlatan.

— Vous connaissez Arlatan ? » demanda Charlon étonné ; et devant cette irrévérence du Franciot parlant ainsi d'une des gloires de la contrée, il crut devoir lui raconter la vie et les triomphes du gardien, d'abord comme toucheur de bœufs, chef d'une manade renommée dans toutes les *votes* de Provence, jusque dans les arènes d'Arles et de Nîmes... Tombé malade par suite de fatigues et d'excès, Arlatan s'était fait gardien de chevaux, métier moins dur et moins dangereux, et soignant ses douleurs avec des herbes, des pommades de son invention, il avait acquis par toute la Camargue, de Trinquetaille à Faraman, une grande célébrité de *mège* guérisseur, surtout pour les fièvres et rhumatismes. Était-ce bien mérité ? Charlon n'avait pas assez de science pour le dire...

« Ce que je puis certifier, conclut le mari de Naïs en rallumant son falot pour le retour, c'est qu'aux halbrans de l'an passé, j'avais pris les fièvres sur Chartrouse et qu'il m'a guéri en deux séances et un pot de son baume vert.

— Alors, pourquoi ne lui envoies-tu pas ta femme ?

— Naïs n'en veut à aucun prix ; elle a horreur de cet homme comme d'une salamandre ou d'une rate-pennade. Il n'a pourtant rien de déplaisant... même ça été, dans sa jeunesse, un garçon superbe... Je me rappelle, tout petit, lorsque j'allais voir en rive de la mer les hommes qui joutaient à forcer les perdreaux à la course, entre ces dix grands gaillards alignés, tout nus, tout noirs, sanglés d'une courroie de cuir, c'est lui que les femmes regardaient... Et quand il se montrait dans les ferrades, il n'y en avait que pour le beau brun, comme on lui disait... jusqu'à des dames de la ville qui couraient après... Naïs, elle, non seulement ne veut pas aller le voir, mais quand il vient chez nous, elle se cache et elle a défendu à Zia de s'approcher de sa cabane... Là-dessus, monsieur Henri, je crois qu'il faut s'aller mettre à la paille. Voilà le vent du Sud qui souffle en tempête; dans une heure, vous entendrez bramer la vache de Faraman.

— Qu'est-ce que c'est que cette vache-là, Charlon?

— C'est la mer, monsieur Henri. Lorsque le vent donne en face de nous, sur les sables de Faraman, elle pousse une bramée si forte que dans notre pays nous l'avons ainsi surnommée. »

De toute la nuit, en effet, la vache de Faraman n'arrêta pas. Les roseaux criaient, la Cabane craquait de partout; avec la mer lointaine et le vent qui la rapprochait, portait son bruit en l'enflant, Danjou, incapable de dormir, pouvait se croire dans une chambre de bateau. Madeleine, malheureusement, s'y trouvait avec lui. Jusqu'au matin, les yeux ouverts dans l'ombre, il revécut heure par heure l'ignoble roman de leur rupture; cette Ogé encore en scène, lui couché sur le divan de la loge, attendant sa maîtresse en face d'une grande glace de toilette dans laquelle il voyait tout à coup Armand, le beau baryton, voisin de couloir de la chanteuse, entrer demi-vêtu, ruisselant de cold-cream, et courir au petit manchon de loutre pendu à la patère, pour y prendre la lettre qui l'attendait tous les soirs. « Mon Armand chéri, je croyais qu'il dînerait chez ses parents... »

Cette lettre, arrachée à la poisse de gros doigts chargés de bagues, Danjou la savait par cœur et, maintenant, il se la récitait cruellement, en se retournant sur sa couchette de gardien de bœufs. Après avoir eu le courage de partir sans revoir cette fille, sans lui laisser un mot, il se demandait, plein d'épouvante, si elle allait le hanter toutes les nuits comme en ce moment, avec son joli sourire, gras et voluptueux, qui se penchait vers le lit, et cette voix expressive et douloureuse qu'il entendait rôder autour de la maison, gémir sous la porte ébranlée, bramer en lui demandant grâce, là-bas, dans les sables de Faraman.

III

Le grand souffle salé de la mer et la lumière éclatante du dehors le tirèrent brusquement d'un de ces lourds sommeils, d'une de ces fondrières, où l'on sombre au matin des nuits d'insomnie. Oh! le divin réveil... comme ce qu'il voyait ressemblait peu à la loge de Madeleine, aux coulisses des Délassements!... Debout, à quelques pas, dans le cadre de la porte ouverte, une toute jeune fille, longue et blonde sous un ample fichu de mousseline et cette haute coiffure d'Arles, cette *pointe* qui fait la tête élégante et petite, penchait un profil de camée, où quelques lignes restaient encore indécises, sur un livre qu'elle tenait à deux mains et qu'elle lisait avidement avec un enfantin mouvement des lèvres.

«Pourvu que ce ne soit pas l'*Anti-Glaireux*»*!* songea d'abord le Franciot, se souvenant de sa déception de la veille; mais de son lit, par l'écart de la courtine bleue, il reconnaissait le titre du volume, *La Grenade entr'ouverte* d'Aubanel, ce livre immortel de passion et de désespoir, ce chant de tourterelle poignardée, dont le vieux Tim avait bercé sa jeunesse. Et à mesure qu'une strophe, un cri traversaient sa mémoire...

Miroir, miroir, montre-la-moi — toi qui l'as vue si souvent...

Que veux-tu, mon cœur, quelle faim te dévore? — Ah! qu'as-tu, que toujours tu pleures comme un enfant?...

Chaque fois il croyait voir trembler les petites mains brunes de Zia (car c'était Zia, bien certainement) et sur la pâleur de ses joues courir une petite flamme rose. Singulière lecture tout de même, à la veille d'une première communion!

Sans doute, la strophe d'Aubanel est pudique, mais elle brûle...
Ah! si mon cœur avait des ailes, — sur ton cou, sur tes épaules — il volerait tout en feu...

Et en même temps que les rimes du poète, Danjou se rappelait sa causerie de la veille avec Charlon, les transes du garde et de sa femme à propos de ce « bon jour » si cruellement retardé. Pauvre petite Zia, est-ce que cette fois encore?...

Comme s'il eût pensé tout haut, la fillette leva sa jolie tête fauve, regarda dehors, dedans, puis son livre posé au coin de la cheminée où il manquait, elle tira la porte vivement et disparut avec la grâce effarouchée d'une chevrette qu'on dérange, en train de boire sous le bois.

Cette apparition délicieuse le hanta toute la matinée, sans qu'il sortît, s'attendant toujours à la voir revenir, et jusqu'à midi lisant des vers d'amour de *Mireille* et de *la Grenade*, devant un grand bouquet de plantes d'eau, trèfle, gentiane, centaurée, dressé par Zia au milieu de la table dans une buire de grès vert.

L'heure du déjeuner venue et rien ne bougeant encore du côté des Charlon, qu'une pincée de fumée jaune envolée dans le soleil, Henri Danjou se rendit chez le garde, dont le mas, à l'abri d'un petit bois de cannes serrées et bruissantes comme des bananiers, avec ses murs crépis à neuf, son toit de tuiles rouges, sa treille en berceau au-dessus de la porte, faisait au bord d'un grand *clar* d'eau vive, plein à déborder, un coin éblouissant de blanche lumière dansante. A l'approche d'un pas étranger, des abois furieux ébranlèrent la porte basse du chenil, tandis qu'une femme à genoux au ras de l'étang, les bras nus, en train de dépouiller une grosse anguille au milieu d'une flaque de sang rose, criait au chien d'une voix limpide et jeune : « *Chut! Miraclo... taïsote...* » sans lever ni détourner la tête. Danjou crut reconnaître sa vision du matin, ce paquet de cheveux roux échappés de la petite *pointe*, la blancheur du cou, du bras si frêle.

« On vous a donc laissée seule avec Miracle, petite Zia? demanda-t-il en venant jusqu'au bord du *clar*.

— Ce n'est pas Zia, monsieur Henri... ma sœur est partie de ce matin.

Tiens, Naïs?... Ça va mieux, alors?

— Un peux mieux, merci...»

Elle parlait un provençal très pur, avec cette intonation câline, féline, cette grâce maniérée que lui donnent les filles d'Arles, affectant de tenir le front baissé, absorbé sur son ouvrage. Dès la prime aube, ils avaient été avisés que l'homme d'affaires du mas de Giraud devait se rendre en Arles par le bateau; et comme il fallait renvoyer la petite au pays pour l'approche de son «bon jour», Charlon était vite parti la conduire à M. Anduze, un tout à fait brave homme et bon éleveur d'abeilles, ainsi qu'il convenait près d'une enfant de cet âge.

«Ah! monsieur Henri...» soupira la paysanne, le cœur gros de chagrins et d'envie de les dire, mais s'obstinant toujours à ne pas regarder son ancien danseur. Un coup de feu éclata très loin, comme au ras de terre. Naïs eut un cri de joie :

«Voici Charlon... il revient par le canal pour tirer quelque *galejon* en route... je vais tremper la soupe...»

Son fichu ramené sur les yeux, elle se leva d'une détente et, filant en éclair devant le Franciot, porta dans la cuisine son panier plein de poisson. Le garde apparaissait en ce moment, droit sur son *naye-chien*, étroit petit bateau qu'il menait à l'aide d'une longue perche et qui, passé de la *roubine* dans l'étang, vint se ranger en face de la maison.

«Pardon excuse, monsieur Henri... la femme vous a dit, n'est-ce pas?...» Charlon attachait son bateau à un pieu, déballait sa chasse et sa pêche, un bêchet et deux charlottines, nettoyait le quai du sang de l'anguille et de sa dépouille, tout en jetant à Naïs des nouvelles de la petite, très bien partie avec M. Anduze, sur la *Ville-de-Lyon*, capitaine Bonnardel. Au retour, il avait été retardé par la rencontre de deux gardiens de la manade d'Eyssette, qui, perdus de fièvres, allaient se faire soigner chez Arlatan.

«Quand j'ai passé avec mon barquot, l'accès venait de les prendre tous deux en même temps. Leurs chevaux arrêtés au bord du canal, droits sur leurs selles, ils grelottaient l'un à côté de l'autre en se cramponnant chacun à son long trident fiché en terre; et ils tremblaient si fort, cla cla, que leurs bêtes elles-mêmes en étaient toutes secouées. Heureusement, j'avais mon fiasque plein de rhum qui leur a permis de se remettre en route... Le trésor d'Arlatan se chargera du reste.»

La voix de Naïs gronda, du fond de sa cuisine :

«Arlatan, charlatan. Hou! le vilain homme...

— Mais puisqu'il les guérit tous, » répondit Charlon sur le ton d'une ancienne dispute de ménage, et prenant Danjou à témoin : « Voyons, monsieur Henri, est-ce qu'elle ne ferait pas mieux, en place de tant de mauvaises raisons, de se laisser guérir...

— Tais-toi, Charlon. Je te l'ai dit cent fois, j'aime mieux souffrir, j'aime mieux mourir que d'aller chez ce malandrin ou de le laisser entrer chez nous... Ses yeux me donnent peur, me *pivèlent* comme des yeux de serpent. Maintenant, assez de paroles, mon homme, et va vite porter la biasse de M. Henri.

— Mais puisque je suis là, Naïs, je déjeunerai chez vous.

— Oh! non... non... je vous en prie. »

Ce cri d'effroi de la paysanne était si sincère que Danjou n'insista pas et rentra manger seul à la Cabane, intrigué de cette obstination de Naïs à se cacher de lui, ennuyé surtout de n'avoir pas revu avant sa disparition la délicate figure de Zia, dorée et pâle sous son hennin de piqué blanc.

L'après-midi, il chassa avec Charlon dans le marécage; et la nouveauté de cette chasse, tantôt à pied, dans d'énormes bottes taillées sur toute la longueur du cuir, en marchant lentement, prudemment, de peur de s'envaser, écartant les roseaux pleins d'odeurs saumâtres et de sauts de grenouilles, tantôt dans le *naye-chien* étroit, sans quille, qui roule à chaque mouvement, la pénible manœuvre de la perche, les martilières (vannes) à relever ou à baisser, toute cette bonne fatigue fit diversion à son chagrin. Jusqu'au soir le souvenir de Madeleine Ogé le laissa à peu près tranquille. Au moment d'allumer sa lanterne pour rentrer, Charlon lui dit timidement, avec sa grosse moustache qui tremblait :

« Il ne faut pas lui en vouloir, monsieur Henri; à présent je sais pourquoi Naïs se cache de vous, s'obstine à ne pas se faire voir... Elle dit qu'elle est trop laide de ce moment et ne voudrait pas gâter l'image que vous aviez d'elle. Nos femmes de la terre d'Arles sont si coquettes de leur visage!

— C'est vrai que la tienne était bien belle, il y a cinq ou six ans.

— Outre, oui, qu'elle était belle... » dit le brave Charlon en frisant ses petits yeux jaunes. Mais, au fond, on sentait qu'il en parlait sans regret de cette beauté perdue. Sa jalousie en avait trop souffert.

Toute la semaine, Danjou vécut de ces journées animales et violentes qui brisaient ses muscles, apaisaient ses nerfs, lui donnaient des nuits d'un sommeil opaque où le souvenir de sa maîtresse ne parvint pas une fois à se glisser. Il en riait tout seul, songeant au vieux Tim et à ses prédictions. Le désert lui réussissait, jusqu'à présent.

Un soir que le garde lui avait donné rendez-vous au grand étang de Chartrouse pour l'affût de six heures, le Franciot, arrivé d'avance, s'était installé en plein *clar*, sur un îlot de tamaris, un coin de terre sèche juste assez large pour l'abriter, lui et son chien, un énorme molosse des Pyrénées, à lourde toison rousse. La nuit vint presque aussitôt, froide et silencieuse, le vent et le soleil disparus en même temps. Il restait sur l'étang un peu de lumière qui, un moment, éclairait le ciel puis s'en allait, s'enfonçait, laissant à peine entrevoir une touffe d'herbe, une poule volant au ras du marécage.

« Est-ce toi, Charlon ? » cria le chasseur entendant l'eau flaquer sous une marche lourde, qui s'arrêta à son interpellation, mais sans que personne répondît. Il appela encore, crut distinguer une ombre immobile au-dessus de l'eau, et, devant l'obscurité croissante, finit par revenir à la Cabane en se demandant ce qui avait pu arriver au garde.

A l'habitude, il trouva le feu allumé, la table mise, dîna solitairement et fumait sa pipe au coin du feu, quand la porte s'ouvrit tout à coup :

« Comment, c'est vous, petite Zia ?... Vous voilà donc de retour ?...

Émue et pâle, elle restait debout, appuyant sa tête contre la cheminée :

« Ma sœur est malade... Charlon est parti chercher le médecin des Saintes-Maries. »

Sa voix tremblait, lourde de larmes. Il essaya d'abord de l'apaiser... Il fallait voir, attendre. Sa sœur n'était peut-être pas gravement malade.

« Si, très malade... et par ma faute... Parce que cette fois encore on ne m'a pas laissé faire mon « bon jour »... Lorsqu'elle m'a vue entrer, ce matin, avec la lettre de M. le curé, Naïs est tombée raide. »

Elle-même, comme écrasée sous l'aveu de sa honte, laissa aller ses bras, sa longue taille, et s'assit toute sanglotante, la tête entre ses mains, sur la pierre chaude du foyer.

« Oh ! de ma vie et de mes jours... est-ce Dieu possible, une chose pareille ?... » s'écriait-elle d'une intonation enfantine et désespérée. Tout le pays, maintenant, allait la montrer au doigt comme une gaupe, une caraque du Pont-du-Gard. Pas moins, elle n'avait jamais fait de mal, ni dit de vilaines raisons... « J'en jure sur la Sainte-Image... »

Ouvrant son fichu d'un geste emporté, l'enfant tirait de sa poitrine un petit scapulaire en drap bleu, pâli, décoloré, qu'elle baisait avec frénésie. Puis se levant, l'air égaré, les yeux grandis, ses beaux yeux bruns qui verdissaient sous les larmes :

« Non, jamais je n'ai fait le mal. Seulement, j'ai un malheur... Je vois des choses... oh! des choses... c'est affreux... Ça me prend dès que je ferme les yeux et même si je les garde ouverts... des choses défendues qui me poursuivent, qui me brûlent... C'est pour ça que le prêtre n'a pas voulu que je communie.

— Pauvre petite... murmura Danjou, tout troublé de rencontrer au désert cette détresse d'âme, voisine de la sienne.

— Oh! oui, pauvre petite, on peut le dire... Ce que je souffre depuis deux ans... Ce que j'ai fait pour arracher ces horreurs de ma vue... A présent, c'est fini, je le sens bien, je n'ai plus rien à espérer... mes yeux n'auront le repos qu'au fond du Vaccarès. »

Elle s'arrêta pour écouter des cris, des appels dans la direction du mas.

« Désirez-vous retourner près de votre sœur? » proposa Danjou doucement. L'enfant ne voulait pas, elle craignait d'arriver avant le médecin, de trouver sa sœur toujours comme une morte... D'ailleurs grand'mère était venue de Montmajour; Naïs avait du monde près de son lit...

Elle disait cela, distraite et farouche, l'oreille aux clameurs lointaines. N'entendant plus rien, elle reprit sa place sous le *caleil*, au coin du feu, la place des enfants et des vieux dans nos cuisines provençales. Et là, honteuse et frissonnante, elle répondait avec candeur au Franciot qui l'interrogeait doucement, tendrement, comme un médecin et comme un père... Non, ces vilaines choses qu'elle voyait, elle ne les inventait pas, ne les trouvait pas dans son idée; on les lui avait montrées un jour, il y a bien longtemps, sur des gravures, des coloriages.

« Mais enfin, petite Zia, les images s'effacent, avec les années... Puisqu'il y a longtemps que tu ne les a vues... Comment se fait-il?

— Ah! voilà où est le péché, voilà pourquoi je suis maudite... » De l'élan furieux qui redressait sa petite tête, deux longues tresses d'or échappées de sa *pointe* venaient s'emmêler sur son cou aux rubans noirs du scapulaire. « Oui, avec les années, les choses s'effacent, mais quand elles s'effacent trop, ça me manque, mes yeux en ont comme soif, ils veulent retourner boire, et alors... et alors... » Elle s'interrompit violemment : « Qu'est-ce que vous me faites dire là, mon Dieu !... ça m'a donc rendue folle d'avoir vu Naïs dans cet état ? car enfin, je ne vous connais pas, moi... pourquoi est-ce que je vous découvre ainsi toute ma honte, moi qui n'en ai jamais parlé à personne, pas même à Charlon, qui m'aime tant... »

Il se pencha vers elle et, son regard appuyé sur les yeux de l'enfant, qui essayaient de fuir les siens :

« Écoute, Zia. Si tu me racontes ton mal sans me connaître, avec cette confiance, c'est peut-être que j'ai un peu du même mal, une vilaine image au fond de mon cœur, au fond de mes yeux, moi aussi, dont je cherche à me délivrer par tous les moyens. Voilà pourquoi je suis venu si loin, en Camargue, au désert... pour me distraire, pour oublier. Et depuis que je suis ici, sais-tu ce qui m'a fait le plus de bien ? Regarde là-haut, sur la cheminée... ce sont vos poètes de Provence, les félibres, comme ils s'appellent. L'autre matin, je te voyais en feuilleter un devant ma porte... Pourquoi rougis-tu ? Les histoires que ces félibres nous racontent sont toujours très pures, très belles. As-tu lu *Mireille* ?...

— Non, monsieur Henri. Naïs, dans le temps, me l'avait défendu. Pas moins, un soir que j'étais à la Cabane... Charlon se trouvant à l'*espère* avec ces messieurs, le livre que vous dites m'est tombé sous la main... Je n'ai pas bien compris, mais à un moment, ce que je lisais m'a semblé si beau, la page s'est toute brouillée, et j'ai vu trembler une étoile. »

Elle s'arrêta, émue. Danjou resta lui aussi sans parler, puis gravement :

« Cette étoile que tu as vue un jour dans *Mireille*, elle est dans tous les vrais poètes. Il faut les lire souvent, petite. Ils te rempliront les yeux de rayons et n'y laisseront pas de place pour... »

Un cliquetis d'étriers, des voix brutales, puis des coups à faire sauter la porte couvrirent la fin de sa phrase. Des silhouettes de cavaliers apparaissaient à travers la vitre.

« Qu'est-ce que vous voulez ? » cria Danjou, s'attendant à quelque aventure de gendarmes et de braconnage.

Une voix répondit, avant qu'il eût ouvert :

« Gardez-vous... Le Romain s'est échappé ! »

Ce Romain, terreur de la Camargue, célèbre dans toutes les arènes du Midi, était un petit taureau noir, méchant et trapu, qui menait la manade de Sabran en pâturage du côté du phare et venait de s'enfuir le matin, affolé par quelque mauvaise mouche. Justement, il y avait une ferrade affichée pour le dimanche suivant, et des tas de pistoles engagées sur ce monstre de Romain, inscrit en tête de liste; aussi les cinq ou six gardiens de la manade, en selle depuis l'aube, battaient le marais soigneusement et s'en allaient de mas en mas, autant pour se renseigner que pour mettre le monde en garde.

Seul à pied parmi ces cavaliers bottés jusqu'aux cuisses et le trident sur l'épaule, un homme encapé d'une longue roulière agitait une torche de résine enflammée et disait d'une voix de commandement :

« Je vous répète qu'à l'*espère* de six heures il était au milieu du grand *Clar*.

- C'est de moi que vous parlez, maître Arlatan ? demanda en se montrant sur la porte le Franciot qui, à cette haute taille, à ce ton déterminé, reconnaissait son gardien des bords du Vaccarès... Ce soir, en effet, je tenais l'affût vers cette heure-là.

- Je parlais du Romain, mon camarade, et de vous pareillement, si vous voulez... car vous n'étiez pas à quatre empans de la bête.

- Diantre! fit Danjou en riant, vous auriez bien dû m'avertir. C'est vrai, maintenant je me rappelle, à quelques pas de moi, cette forme brune, immobile...

- La blonde que voici doit vous *agrader* mieux comme société! » dit le gardien, avançant sa belle barbe syriaque par la porte entrebâillée. Il venait de voir Zia toute blanche sous la lampe, son fichu ouvert, l'or de ses cheveux répandu, et lui glissa d'un ton de blague égrillarde : « Vous voilà donc revenue chez nous, jolie demoiselle ? Vous savez que si le Romain vous fait peur pour rentrer, un de ces hommes peut vous prendre en travers de sa selle, ou bien moi sous ma grande cape. »

Zia, rajustant sa guimpe et son scapulaire, un peu confuse, répondit qu'elle n'avait besoin de personne.

« Va bien... va bien... on se retrouvera une autre fois. » Il eut pour elle un sourire protecteur; ensuite saluant jusqu'à terre : « Au plaisir, monsieur le Franciot, si un jour vous attrapez quelque mauvaise fièvre ; ou si seulement le Trésor vous amuse à visiter, tout à votre service. »

Et suivi de ses cavaliers aux longs tridents, il s'éloigna, la torche levée, dans un éclairage rembranesque.

Seul avec l'enfant, Danjou se sentit gêné ; elle aussi maintenant semblait privée de tout abandon, de toute confiance. Le rire de ce rustre en était cause sans doute.

Je suis comme Naïs, dit Henri, il ne me va guère, le sire Arlatan. » Et devant le visage distrait, fermé de Zia qu'il croyait uniquement préoccupée du Romain et de la crainte de rentrer seule, il insista pour la reconduire jusqu'à sa porte.

Il faisait une nuit calme et tiède, une de ces limpides nuits de lune, où la moindre touffe d'herbe a son ombre, où le routier solitaire éprouve parfois à se sentir doublé un tressaillement, une gêne nerveuse, comme si quelqu'un marchait à son côté ou derrière lui. Sans se parler, l'un près de l'autre, ils allaient depuis un moment dans cette inondation de lumière bleue, poudreuse, regardant au lointain la torche d'Arlatan qui promenait sur l'horizon l'éclat d'un feu rouge, parmi les sons du *biou* (conque marine) et les cris des bouviers : « té !... té !... trrr... trrr... »

Danjou demanda :

« Tu n'as pas peur, petite ?

— Peur du Romain ? Oh ! non, monsieur, dit la Camarguaise, aguerrie aux courses, aux ferrades.

— Alors, ne nous pressons pas, et écoute. »

Le pas ralenti, la voix vibrante, il se mit à réciter en provençal un des lieds les plus purs du poème de *la Grenade* : « *De la man d'eila de la mar, — dins mis ouro de pantaiage, — Souventi fes ieu fau un viage...* » Aux bords de la mer latine, dans ce ciel léger et bien pour elles, les rimes sonnaient, montaient comme des flèches d'or.

« Que c'est beau, mon Dieu ! » murmura l'enfant, extasiée.

Ils arrivaient près du mas de Charlon où s'entendaient des voix joyeuses et rassurantes. Devant le mas, c'était splendide, tout le marécage allumé, l'étang, les canaux pleins d'étoiles, traversés jusqu'au fond par la lune.

« Bonne nuit, petite Zia, dit Henri tout bas à l'enfant dont le front rayonnait, mystérieux et blanc comme une hostie... Quand tu viendras à la Cabane, nous lirons encore des poètes, ce sont les poètes qui nous sauveront. »

IV

Ce beau dimanche de février, il devait y avoir *abrivade*, course et ferrade, aux Saintes-Maries-de-la-Mer. De bonne heure, vous auriez vu Charlon devant sa porte, en train de verser le carthagène à deux gardiens de bœufs, moustachus, balafrés, les pieds dans leurs grands étriers, la taiole aux reins, et tenant en laisse une fine pouliche blanche qui mettait les deux *grignons* camarguais dans tous leurs états. Justement Danjou, ce matin-là, rentrait de l'*espère* aux charlottines et s'en venait, à l'habitude, jeter sa chasse, en passant, sur la table de cuisine du mas.

Le garde courut à lui :

« Vé, monsieur Henri, devinez pour qui cette belle poulinière toute harnachée de soie et d'or... Je vous le donne en cent, et même en mille...

— Tais-toi donc, grand simple... » s'écria Naïs, apparaissant sous une coiffe en velours brodé qui datait de son mariage et un corsage bleu de roi, faisant encore plus jaune sa longue figure de fièvre, aux traits tirés, aux yeux cerclés, trop grands. Enfin elle se laissait voir, la belle Naïs ; mais elle n'en semblait pas plus fière, et sur la haute selle sarrasine où sa taille mince ondulait aux caracols de la pouliche, c'était pitié de l'entendre dire, en se détournant toute confuse :

« Je vous en prie, ne me regardez pas, je ne suis plus moi-même... Je me fais honte d'être si laide. »

Ô Provence, ô terre d'amour, où sont-elles les paysannes, les filles de ferme que dévore comme les tiennes le chagrin de perdre leur beauté ?

Charlon protestait, prenait les gardiens à témoin de la grâce de sa femme, de son adresse à se tenir en selle, à galoper autour du rond en marquant au fer rouge tous les taureaux d'une manade :

« Vous avez tort de ne pas voir ça, monsieur le Parisien, ça vaut la peine... Zou ! allons. Je vous emmène tous deux Zia dans ma carriole.

— Merci pour moi, frérot, dit l'enfant occupée à remettre en place dans la cuisine le flasque de carthagène et les verres des buveurs... Merci, je reste avec Mamette à la maison.

— Comment ! tu ne viens pas à la ferrade ? »

Naïs, du haut de sa selle, jeta durement :

« Laisse-la donc, puisque c'est son caprice.

Depuis le retour de Zia et son « bon jour » manqué, il y avait entre les deux sœurs un perpétuel échange de paroles sévères et de regards sans tendresse. Charlon, que le malentendu de ses femmes navrait, se hâta de remarquer que M. Henri n'allant pas à la ferrade, lui non plus, la petite lui fricasserait en leur absence une *gardiane* de poissons, à s'en lipper les doigts. Elle la faisait presque aussi bien que sa sœur Naïs.

Sur quoi, la sœur Naïs enleva sa monture avec colère :

« Bonjour à tous ! » dit-elle, déjà lointaine. Et derrière les rubans envolés de sa coiffe, les grignons de Camargue galopaient, la crinière au vent, balayant l'herbe fine de leurs longues queues.

Vers le milieu de la journée, Danjou, étendu sur le gazon au bord du Vaccarès, s'interrogeait avec inquiétude, en écoutant briser autour de lui cette petite mer intérieure aux lames courtes. « Qu'est-ce que j'ai ? D'où me vient cet ennui vague, ce serrement de cœur ? Voilà dix jours que Paris me laisse tranquille. Je ne pense à rien, je ne regrette rien. Encore quelques semaines de ce complet Nirvâna, je pourrai croire à ma guérison... Alors, pourquoi cette tristesse aujourd'hui ?... Parce que j'avais rêvé de passer l'après-midi avec Zia, à lire des vers devant la Cabane, et que l'enfant n'a pas voulu, prétextant un grand mal de tête qui l'obligeait à rentrer au mas ?

Après tout, c'était peut-être vrai ; sa pâleur, l'expression douloureuse de son regard en me quittant... À moins que la pauvre petite, brusquement reprise de son mal... »

Ainsi mille pensées contradictoires se heurtaient dans son esprit, tandis que devant lui clapotaient les flots du lac sur le rivage un peu haut, d'un vert velouté, d'une flore originale et fine, et qu'il entendait les sonnailles d'un troupeau de chevaux sauvages tantôt se rapprocher, tantôt se retirer très loin, dispersées, perdues dans la rafale. Tout à coup, en relevant la tête au-dessus d'une touffe de saladelles bleues, il aperçut Arlatan le gardien dont la bourrasque enflait la limousine, tirant à grandes enjambées du côté de sa cahute, puis, arrivé à la porte, grimpant avant d'entrer tout en haut du *guinchadou*, sorte d'échelle primitive, d'observatoire rustique très élevé, qui sert à surveiller le troupeau.

A peine fut-il descendu, une femme, encapuchonnée jusqu'aux yeux d'une longue mante feuille-morte, tournait le coin du gourbi où elle entra brusquement sur les pas du gardien. Bien qu'elle eût passé rapide et très enveloppée, à je ne sais quelle grâce d'envolement et de jeunesse Danjou avait cru la reconnaître : « Zia ?... chez ce vieux fou ? Jamais, voyons... Qu'irait-elle y faire ?... Et cependant, qui sait ?... »

Il se rappelait le frisson de la petite sous le regard cynique d'Arlatan, le soir où le gardien les avait surpris au coin du feu, le soupçon dont lui-même s'était senti une seconde effleuré d'une aventure possible entre Zia et cet ancien beau de la savane. Pour savoir la vérité il n'avait qu'à faire deux ou trois cents pas dans le pâturage, et à se montrer subitement...

Aux premiers coups frappés à la porte, rien ne répondit. Il frappa encore, et, cette fois, le gardien vint ouvrir, tête nue, en lourdes bottes et futaine verte. Il souriait, très droit, très fier, sans la moindre surprise du visiteur qui lui arrivait.

« Entrez, mon cér ami... » Pendant que grasseyait sa voix rauque dans la rainure étincelante de ses yeux se lisait clairement : « Vous pouvez tout fouiller, tout retourner, ce que vous cherchez n'est plus ici. »

— Vous n'êtes donc pas allé à la ferrade, maître Artalan ? » demandait le Parisien, un peu déçu de se trouver seul avec lui dans l'unique salle que son regard eut vite inventoriée. Le gardien haussa les épaules :

« Ah ! vaï, des ferrades... j'en ai trop vu. » Il repoussa d'un coup de botte une malle à gros clous de cuivre qui traînait au milieu de la pièce entre deux escabeaux, prit un de ces sièges rustiques taillés dans un tronc de saule et présenta l'autre à Danjou avec le geste large, emphatique, dont le vaste décor camarguais semblait lui avoir donné l'habitude.

« Tout ce que vous voyez ici, dit-il superbement, depuis le toit, les murs de la maison, c'est moi que je l'ai fait. Ce *plot* de bois sur lequel vous êtes assis, ce lit d'osier tressé, là-bas dans le coin, ces flambeaux de résine vierge, ce foyer fabriqué de trois pierres noires, jusqu'au pilon dont je broie mes plantes médicinales, jusqu'à la serrure de la porte et sa clef du même bois blanc, tout cela est mon ouvrage. »

Il suivit le regard de Danjou dans la direction de la malle.

« Ceci, par exemple, n'est pas de ma fabrication... c'est ce que j'appelle le trésor. Mais avec la permission de *usted*, nous en causerons un autre jour; de ce moment, je ne suis pas de loisir... Ah! mon ami, vous parlez de ferrades... c'est dans cette malle que j'en ai des médailles et des certificats de mairies, et des cocardes arrachées aux taureaux les plus en renom. Ma dernière, tenez, je l'ai gagnée aux arènes d'Arles il y aura juste dix ans le dimanche qui vient, prise aux cornes d'un Espagnol, un grand rouge enragé qui avait étripé des centaines de chrétiens. Ah! le bâtard, je lui ai fait voir le tour comme il a voulu, autant qu'il a voulu, à la landaise et à la provençale, au raset et à l'écart ; je l'ai sauté à la perche, en long et en large, puis *arrapé* par ses deux longues cornes et, d'un coup de flanc, zou! les quatre fers en l'air dans le rond. Il s'appelait Musulman. »

En parlant, le gardien s'était levé et soulignait son histoire d'une mimique théâtrale. Danjou, toujours assis et préoccupé de son enquête, s'ingéniait à prolonger l'entretien.

« C'est singulier, maître Arlatan, tous les conducteurs de manades que je rencontre portent sur le front, sur les joues quelque trace de coups de corne. Et vous, rien? »

Arlatan se redressa :

« Rien sur la figure, jeune homme. Mais le corps, si je vous le montrais... J'ai là, sur le côté droit, un souvenir de Musulman, une estafilade d'un pan de large... C'est une de vos Parisiennes qui me l'a recousue... le même soir, » ajouta-t-il en clignant ses yeux fats.

Danjou tressaillit :

« Une Parisienne?

— Et jolie... et célèbre... ce qui ne l'a pas empêchée de passer deux jours avec moi dans le pâturage... »

L'amant de Madeleine Ogé eut envie de demander : « Chanteuse, peut-être? » mais une honte le retint.

L'autre poursuivit d'un air détaché :

« Du reste, son portrait est là, dans le trésor, une femme superbe, déshabillée jusqu'à la ceinture. Si vous voulez mettre une demi-pistole, je vous le montrerai un de ces jours, avec une foule d'autres ; mais pour l'instant, je vous demande excuse, j'ai un baume vert que je prépare... car vous savez que je m'occupe de médecine illégale, comme dit le docteur Escambar, des Saintes-Maries-de-la-Mer... Allons, à bientôt, mon cér camarade. » Et il referma la porte sur lui en souriant.

Dehors, c'était la fin du jour. Le mistral la saluait d'une allègre sérénade qui affolait tout le paturâge, faisait flotter queues et crinières, hennir les étalons et tinter leurs sonnailles dans cette plaine immense, sans obstacle, que son souffle puissant semblait aplanir en l'élargissant. À perte de vue, le Vaccarès resplendissait. De grands hérons planaient, découpés sur le ciel vert en minces hiéroglyphes ; des flamants aux ventres blancs, aux ailes roses, alignés pour pêcher le long du rivage, disposaient leurs teintes diverses en une longue bande égale. Mais toute cette magie de l'heure et du paysage était perdue pour le malheureux garçon qui rentrait chez lui ne songeant qu'à une chose, ne voyant qu'une chose, le portrait de sa maîtresse dans cette malle de bouvier. Car douter un instant que ce fût Madeleine, il n'y parvenait pas.

Certes, elles ne sont pas rares, les Parisiennes capables de s'exalter pour un faux matador ; mais la coïncidence du séjour de la chanteuse juste à cette époque, ce caprice cynique, brutal, bien dans les mœurs de la dame... jusqu'à cette vague tristesse dont il cherchait la cause tout à l'heure... Non ! le doute ne lui semblait pas possible. Encore un dont elle lui dirait, en pleurant sur son épaule : « C'était avant de te connaître, mon Henri. » Le bel Armand aussi, c'était avant de le connaître. Avant, pendant et encore après. Ah ! coquine... Et lui qui se croyait guéri de cette passion à fond de vase, à l'abri de ses fièvres malsaines !... Aussi, quel besoin d'entrer chez ce Huron ? Et, puisqu'il avait tant fait, pourquoi ne pas aller jusqu'au bout, emporter une preuve, le nom de la femme, son portrait ? Quel imbécile orgueil l'avait retenu ? Il savait bien pourtant qu'il finirait toujours par là, qu'il ne pourrait pas vivre dans cette incertitude oppressante. Il connaissait ces accès de basse jalousie, rongements, visions, nuits de délire. Mais venir les chercher au fond de la Camargue, en plein désert !...

« ...Voilà monsieur Henri », dit une voix dans l'ombre, à quelques pas.

Il arrivait chez lui, où Charlon et sa femme, de retour de la ferrade, l'attendaient avec impatience. Danjou, en entrant, fut saisi de leur émotion. Naïs surtout, encore en ses atours de fête, sa pauvre figure creusée, travaillée au couteau sous les broderies d'or de la coiffe d'Arles, marchait à pas furieux d'un bout de la pièce à l'autre, et se trouva juste en face de lui, éclairée en dessous par le grand feu de souches que Charlon, à genoux, était en train d'allumer.

« Vite, monsieur Henri... » sa parole haletait comme après une longue course... « vite, est-ce vrai que ma sœur a passé l'après-midi à lire près de vous, à la Cabane ? »

D'abord, il ne comprit pas. C'était si loin de sa pensée, maintenant, cette petite Zia et toute son histoire ! Mais il se reprit aussitôt et, devant l'anxiété de ces braves gens, surtout en se représentant la fillette et ses grands yeux qui le suppliaient, il n'hésita pas à mentir, secrètement averti que, pour leur tranquilité à tous, il devait commencer par là.

— Mais certainement, ma bonne Naïs, que votre sœur a passé l'après-midi à la Cabane...

— Tu vois, ma femme... » cria Charlon tout joyeux. Naïs, à demi rassurée, demanda encore :

« Vous n'étiez donc pas dehors depuis longtemps ?

— Hé ! non... Mais pourquoi toutes ces questions ?

— Elle ne vous le dira pas, fit Charlon qui, dans son allégresse, continuait à bourrer la cheminée de ceps de vigne, au risque de l'enflammer jusqu'au faîte... Mais moi, tant pis ! je ne peux pas me tenir, je suis trop content... Figurez-vous que depuis une quinzaine, depuis que l'enfant nous est revenue, notre maison où l'on s'aimait tant est devenue un enfer. Les femmes se *carcagnent* à la journée, Naïs et la grand'mère tout le temps à faire pleurer la petite à cause de son *bon jour*. Et, pour finir, voilà Mamette qui l'accuse d'avoir passé toute son après-midi du dimanche... devinez où ? Chez Arlatan... Zia chez Arlatan, je vous demande un peu... Pourquoi faire ? Il y a longtemps que le beau brun ne tire plus les alouettes et qu'il a renoncé au femelan pour ne s'occuper que de pharmacie... N'empêche que Naïs était d'une colère, à croire qu'elle allait piquer une attaque comme l'autre fois... Heureusement que vos bonnes paroles l'ont calmée... *Qué*, Naïs ? »

Toujours accroupi devant le feu, il la tirait doucement par sa guimpe bleu de roi ; mais sans plus s'occuper de lui que de Miracle qu'on entendait dans la nuit, devant la porte, laper une écuellée d'eau fraîche et de pain de chien, Naïs disait en retenant de grosses larmes :

« Ah! monsieur Henri, si vous saviez le tourment que cette enfant me donne... Elle n'a plus son père ni sa mère; rien que Mamette la mère-grand qui n'y voit plus, et moi, la sœur aînée, presque toujours loin d'elle... Avec ça que je n'ai pas su la prendre. Je l'aime comme si elle était de Charlon et de moi; mais je lui fais crainte et je ne peux rien savoir de ce qu'elle a, de ce qui la désole. Ah! quand elle est là, près de moi, des heures sans parler, avec son air de regarder en dedans, je la pilerais dans un mortier de fer pour avoir un peu de ce qu'elle pense! Car c'est sa songerie qui est malade, la pauvre petite; faire le mal, elle n'en est pas capable, du moins je me le figure, et c'est aussi la croyance de M. le curé.

— Alors, il aurait dû lui laisser faire son *bon jour*, dit Charlon en se relevant.

— Mais, badaud, tu sais bien que la dernière fois c'est la petite qui n'a pas voulu... elle se trouvait trop indigne. »

Naïs continua, s'adressant à Henri :

« Ma pauvre sœur a, paraît-il, une maladie qu'on appelle... comment M. le curé dit-il cela?... ah! le mal de *l'escrupule*. »

Charlon l'interrompit gaîment :

« Que ce soit ce qu'il voudra, maintenant que tu sais que la petite n'était pas chez Arlatan, vous allez me faire le plaisir, en rentrant, de vous embrasser bien fort, et qu'on soit tous amis comme auparavant. C'est trop triste, les maisons de pauvres, quand on ne s'aime pas. »

Le feu flambait clair, la table du Franciot était mise; Charlon prit sa chère laide par la taille et l'entraîna vers leur mas sur un air de farandole, populaire dans toute la Provence :

Madame de Limagne
Fait danser les chevaux de carton.

Il revint dans la soirée, mais cette fois avec la petite Zia. Henri lisait au coin du feu, sous le *caleil*, répondant par monosyllabes, tellement sa lecture l'absorbait.

Un moment, Charlon étant allé remplir les brocs au *puits commun*, un vieux puits à roue situé à mi-chemin entre la Cabane et le mas, Zia et Danjou se trouvèrent seuls. Elle passa près de son livre à deux ou trois reprises, et, tout à coup, lui saisissant la main d'un geste irrésistible, la porta à sa bouche avec violence. La douceur de ses lèvres, la candeur de ce remerciement attendrirent le jeune homme. Il eut besoin de tout son courage pour retirer sa main et dire d'un ton sévère :

« Tu m'as fait faire un gros mensonge, mon enfant, mais ne recommence plus ; je ne mentirais pas une seconde fois... »

Elle se tenait devant lui, très humble, sans répondre. Par la porte restée ouverte derrière le garde, on entendait grincer la chaîne du puits et le ruissellement de l'eau dans le noir. Danjou continua :

« Pourquoi es-tu allée chez cet homme ? Car tu étais là, et tu en sortais à peine quand je suis arrivé. Que venais-tu faire ? Ta sœur te l'avait bien défendu. »

Les grand yeux noirs le fixaient, effroyablement navrés et immobiles, traversés seulement d'un éclair d'indignation quand il demanda si, par hasard, ce vieux hibou ne s'était pas mis en tête de devenir son galant, son *câlineur*... « Non, n'est-ce pas, c'est impossible ? Qu'est-ce qui t'attirait donc chez ce marchand de baume vert ? Tu ne veux pas me le dire ?... Eh bien ! je le sais, moi... je l'ai deviné. »

L'enfant tremblait si fort qu'elle dut s'appuyer contre la chaise où il était assis. Il laissa tomber son livre ; et tout bas, de tout près :

« C'est ton mal qui est revenu ? Tu as recommencé à voir des choses ?... C'est bien cela, dis, Zia ? dis, ma petite sœur de fièvre et de misère ?... Et dans un coup de désespoir, un soir où tu ne voyais pas d'étoiles, où la musique des félibres n'arrivait plus jusqu'à ton cœur, tu t'es souvenue des miracles d'Arlatan et tu es allée lui demander de te guérir... N'est-ce pas, que tout ce que je te dis est vrai ?... »

Jusqu'à présent, elle avait tenu la tête baissée et fait signe en pleurant sans bruit : « C'est cela... c'est bien cela... » Mais aux dernières paroles d'Henri, ses prunelles se levèrent, toutes verdies de larmes, avec une expression d'angoisse et d'étonnement qu'il ne comprit pas, qu'il ne pouvait pas comprendre, dans l'élan de sa pitié, dans son désir de rappeler à la santé, à la vie, cette âme d'enfant si mystérieusement blessée. Désir d'autant plus vif qu'en la réchauffant il se réconfortait lui-même, qu'en criant à Zia : « Ne désespère pas, petite, tout cela n'est qu'une épreuve, une crise qui passera », c'est sa propre détresse qu'il encourageait.

Malheureusement, quand Charlon fut revenu puis reparti avec sa belle-sœur, l'amant de Madeleine ne songea plus qu'à sa maîtresse et son martyre recommença. Il essayait de lire, rouvrait le poème d'Aubanel sur l'admirable canzone que l'apparition de Zia avait interrompue tout à l'heure : *Depuis qu'elle est partie et que ma mère est morte...*, mais arrivé aux derniers vers : *Oh! qu'il fait bon dormir dans les bergeries, sur les feuilles, — dormir sans rêve au milieu du troupeau...* la page tremblait, se brouillait; et au lieu de voir une étoile entre les lignes, comme Zia, c'est Madeleine Ogé, des Délassements, qui lui apparaissait traînant ses oripeaux de théâtre dans la crèche d'Arlatan et le relent de la manade. Deux jours en plein pâturage avec ce vacher, fallait-il qu'elle eût le goût du fauve!... *Oh! s'en aller en compagnie des pâtres, — rester étendu tout le jour et sentir bon la menthe sauvage...*

Il ferma le livre avec colère et se dit qu'il valait mieux dormir. Mais le lit nous rend si imaginatifs et si lâches. A peine étendu, il fut repris d'incertitude. Tant d'autres étrangères devaient se trouver aux Arènes d'Arles, ce jour de fête. Pourquoi vouloir que ce fût celle-là précisément ? Arlatan ne lui avait jamais parlé d'une actrice... De toutes les preuves accumulées il n'y a qu'un instant, pas une à présent ne tenait debout. Mais la minute d'après, tous les soupçons revenus faisaient dans sa tête, sous ses tempes, la rumeur, le battement d'ailes noires d'un hourra de corbeaux arrivant à la fois de tous les côtés du ciel. Elle, c'était Elle ; et une sueur de glace l'inondait.

La nuit se passa dans ces transes fiévreuses, compliquées de cette idée plus torturante que tout : « La preuve est près de moi, je n'aurais qu'à faire un pas pour l'avoir. » Supplice si aigu, si lancinant, que deux ou trois fois il sauta du lit en se disant « j'y vais », entr'ouvrit la porte et, ne voyant pas la moindre clarté sous le ciel, vint reprendre sa veillée horizontale dans les ténèbres et le rongement.

Au matin cependant, sans dormir tout à fait, il glissa de l'insomnie à un demi-rêve de fatigue hallucinée... C'était la Camargue, mais une Camargue d'été à l'époque des halbrans, quand les clars sont à sec et que la vase blanche des *roubines* se crevasse à la forte chaleur. De loin en loin les étangs fumaient comme d'immenses cuves, gardant au fond un reste de vie qui s'agitait, un grouillement de salamandres, d'araignées, de mouches d'eau cherchant des coins humides. Sur tout cela, un air de peste, une brume lourde de miasmes qu'épaississaient des tourbillons de moustiques ; et comme unique personnage dans ce vaste et sinistre décor, une femme, Madeleine Ogé, avec la coiffe de Naïs, ses joues jaunies et creuses, Madeleine bramant et grelottant au bord de la mer, sous le plein soleil inexorable qui brûle les fiévreux sans les réchauffer...

Un passage criard d'oiseaux *de prime* le délivra de son cauchemar, en sursaut. La bande volait bas, comme à la fin de son étape, et tirait dans la direction du Vaccarès. Bon prétexte que se donna le Franciot pour prendre houseaux, carnier, fusil, et s'en aller tenir l'affût vers le pâturage d'Arlatan.

V

« Entrez... la clef est sur la porte. »

Danjou tourna la clef de bois, fit deux pas à tâtons dans la sombre cahute enfumée, et s'arrêta, aveuglé, suffoqué.

« C'est le vent qui rabat. Il en souffle, une bourrasque », dit la voix du gardien encore au lit, geignant sous un amas de couvertures et de hardes... « Tiens, c'est vous, mon cér ami... prenez garde au *plot*... posez le fusil contre la panière... vous entendez la vache de Faraman, comme elle s'est levée de bonne heure ce matin... et mon *rhumatime* avec elle... Aïe! aïe!... Vous non plus, mon camarade, vous ne paraissez pas avoir bien dormi. Vous êtes blanc comme la mort... Si le cœur vous en dit de faire comme moi, vé! »

Il se dressa tout endolori, dégageant à chaque mouvement une odeur de levure et de paille chaude, prit au-dessus de sa tête, à même une planche mal équarrie, un couvercle de boîte en fer-blanc plein à ras d'un opiat verdâtre de sa fabrication, sur lequel il promena voluptueusement, à deux ou trois larges reprises, une langue de lion malade, boueuse et sanguinolente.

Debout à quelque distance du lit, Danjou s'excusait que le cœur ne lui en dît pas précisément.

« Je m'en doute, je m'en doute, marmonna Arlatan refourré sous ses couvertures... ce n'est pas pour mes drogues que vous êtes ici, vous. »

Il restait sur le dos, immobile et muet, ses grands traits, vieillis, convulsés par la souffrance, comme si chaque rafale enveloppant la maison lui passait aussi sur le corps, tordait et broyait ses muscles. On entendait craquer le chaume du toit, gémir la croix de bois traditionnelle qui gardait le faîte, et, tout autour dans le pâturage, tinter et galoper les sonnailles du troupeau qu'effaraient l'absence du maître et le vent brutal de la mer. La tourmente apaisée, le gardien rouvrit lentement les yeux.

« Vous venez pour le portrait de cette dame, hé ? dit-il à Danjou... La Parisienne déshabillée jusque-là... J'avais vu tout de suite que ça vous amuserait... »

Il allongea un bras velu, couleur de brique, sillonné de coups de cornes en blanches et profondes cicatrices.

« Sans vous commander, mon camarade, cette malle à clous dorés, là-bas, au fond... si c'était un effet de votre obligeance de l'amener tout contre moi... nous y trouverions sûrement ce que vous cherchez.

— Que croit-il donc que je cherche cet imbécile ? » songeait Danjou en approchant la caisse du lit et soulevant son énorme couvercle en dôme. Tout de suite, il eut l'illusion d'une boutique d'herboriste qui s'ouvrait. Des fleurs séchées, des plantes mortes, momies de papillons et de cigales conservées dans le camphre et l'alcool, opiats, élixirs, du papier d'argent, quelques coquillages, des morceaux de nacre et de corail, voilà ce qu'on voyait d'abord dans cette espèce de trappe mohicane, ce trou de pic voleuse que l'Anti-Glaireux appelait « son trésor ». Penché dessus avec des yeux éblouis d'inventeur et d'avare, il bégayait la lèvre humide :

« Y en a-t-il de mes drogues là dedans, et de l'herbe qui sauve et de l'herbe qui tue !... »

Sa narine gourmande allait d'un flacon à l'autre, flairait, se délectait longuement ; puis, comme si l'impatience fébrile du client le réjouissait, il s'attardait au coin des médailles, à ses succès de torero, commémorés par une infinité de cocardes, — couleurs fanées, dorures éteintes, — qui chacune avait son histoire et s'accompagnait de boniments glorieux.

Celle-ci lui venait du Romain, pas celui de maintenant, un autre ; il y a toujours un Romain dans les manades. Cette grande-là, avec du sang sur le bord, lui avait valu le souvenir de Musulman et celui de la belle personne en question. Pas froid aux yeux, les Parisiennes. « Jugez un peu. Le soir de la course, il y avait eu au cercle du Forum un grand banquet en mon honneur. Voilà qu'après dîner, tous ces messieurs *on* était là à fumer en rond autour de moi dans un salon doré tout en glaces et en lumières, quand la dame m'arrive dessus, une femme superbe avec des diamants en pluie d'étincelles sur des épaules bien roulées. Elle me plante ses yeux tout droit et me vient comme ceci devant le monde :

— Bouvier, on ne t'a jamais dit que tu étais très beau ?

Ah ! la drôlesse, oser parler à un homme de cette façon... J'ai senti le rouge qui me montait et je lui ai jeté en risposte :

— Et vous, madame, on ne vous a jamais dit que vous étiez une catin ?

Danjou se sentit pâlir. Cette affronteuse ressemblait si bien à sa maîtresse.

« Et elle ne vous en a pas voulu ? demanda-t-il.

— Si elle m'en a voulu, jeune homme ? Attendez... » Il se dressa en gémissant, une chemise de grosse toile laissant voir sa poitrine velue et grise de vieux pacan. « Passez-moi ces deux boîtes, je vous prie, la verte et l'autre. »

Il montrait deux de ces cartons de modes comme les grands magasins de nouveautés en expédient au bout du monde. Salis, cassés, surchargés de toutes les marques postales, ces deux-là ne tenaient plus que par miracle. Du premier qu'il ouvrit sans presque y toucher, des photographies de femmes s'échappèrent, actrices, danseuses, maillots et décolletages de vitrines, qui vinrent se répandre sur la couverture devant lui. Il prit un de ces portraits et le regarda longtemps. Danjou était trop loin, il ne pouvait pas voir la femme ; mais son Anti-Glaireux en tricot de laine et la main trapue aux ongles noirs qui tenait la petite carte, il n'en perdait pas un détail. Et se rappelant les dessous élégants et raffinés de sa maîtresse, l'association de ces deux êtres lui semblait monstrueuse, impossible.

« Regardez-moi ça, mon bon... » dit l'ancien gardien de bœufs en lui passant le portrait.

C'était bien Madeleine Ogé, il y a dix ans, au zénith de sa beauté, de sa gloire ; Madeleine en Carmago, le plus savoureux de ses rôles et de ses costumes. Au-dessous, pour que nul n'en ignore, une ligne de sa longue écriture capricieuse et molle signant le public hommage qu'elle faisait à un vaquero de cette bouche divine, de cette gorge sans défaut :

Au plus beau des Camarguais,
sa Camargo.

Était-ce l'épreuve jaunie, souillée ; cette odeur nauséabonde et pharmaceutique ? Il n'eut d'abord qu'une sensation de dégoût. Lui qui croyait tant souffrir, qui se raidissait d'avance ! Et l'image enfin devant lui, nul doute n'étant plus possible, il savourait cette non-douleur.

« Combien voulez-vous de ce portrait ? demanda-t-il d'un ton d'indifférence. Moi j'en donne dix pistoles, cent francs. »

Dix pistoles ! Le Camarguais en eut un saut de joie sous ses couvertes.

« Un beau morceau de chair de femme, hé ?... dit-il en claquant sa langue et coulant un œil libertin... Mais pour le même prix, je puis vous offrir beaucoup mieux. Si, si, vous allez voir. »

Il tira de l'autre carton et rangea soigneusement sur son lit quelques-uns de ces grands chromos qui traînent aux étalages de marchands de *santibelli* sur les vieux quais de Gênes ou de Marseille... Daphnis et Chloé, le cygne de Léda, Adam et Ève avant le péché, nudités prétentieuses, d'intention polissonne, surtout par leur coloris et leurs dimensions. « Faites votre choix, mon cér ami ; comme pièces galantes, vous ne trouverez pas plus beau. »

Oh ! l'accent, le tour de bouche dont il appuyait ces mots : pièces galantes. Et c'est dans ce ramas d'ordures que Madeleine figurait.

« Très joli, maître Arlatan, murmurait Danjou, distrait, regardant à peine, tout à la petite image sur laquelle ses doigts se crispaient... Mais c'est ce portrait de femme précisément qu'il me fallait... N'en parlons plus. » Le paysan insista, ébloui par les dix pistoles. D'abord la dame n'était qu'en demi-peau, tandis que les autres... puis elle avait mis de son écriture avec son nom au bas de la carte. Peut-être qu'elle vivait encore cette dame Camargo et pourrait lui causer de l'ennui...

La clarté du dehors entrant dans un tourbillon leur fit lever la tête à tous deux. La porte, mal fermée sans doute, venait de s'ouvrir grande, brusquement. On voyait le ciel bas, les nuages en déroute, les chevaux épars dans la lande, montrant çà et là derrière un bouquet de tamaris l'arête de leurs dos, l'écume de leurs crinières blanches ; plus loin, au-dessus du Vaccarès tumultueux, tout miroitant d'écailles, des nuées d'oiseaux qui planaient, plongeaient, pêchaient, secouaient leurs ailes dans le vent.

« Mettez la clef en dedans, nous serons plus chez nous, » dit le gardien à voix basse.

Mais Danjou, d'un ton bref :

« C'est inutile, je m'en vais, puisque vous ne voulez pas... »

L'autre blémissait de colère.

« Mon cér ami, voyons, réfléchissez.

— C'est tout réfléchi... Je tenais à ce portrait, vous y tenez aussi... Voici vingt francs pour la peine, et au revoir, mon garçon. »

Après tout, l'impression de mortel dégoût qu'il emportait ne valait-elle pas toutes les photographies ? Avec l'image constamment sous les yeux, cette impression se fût peut-être atténuée ; peut-être aussi n'eût-il pas résisté à la joie de faciles représailles, comme d'envoyer chez la diva ce souvenir de sa jeunesse. Mais alors c'étaient tous ses efforts perdus, sa retraite dénoncée, des lettres, des larmes, et au bout probablement l'éternelle rechute. Non, non, reste avec ton Camarguais, ma fille ; continue à moisir parmi les baumes verts à l'état de pièce galante !...

Danjou songeait ainsi en marchant vers le Vaccarès où il comptait chasser encore une couple d'heures, lorsque près de lui, dans le pâturage, des chevaux attroupés se dispersèrent à son approche. Zia était assise sur le gazon mouillé d'embruns, à côté d'une corbeille pleine de grands pains, et machinalement elle en jetait des morceaux aux chevaux, devant elle. Le cou nu, sa mante dégrafée, les pieds à demi sortis de petits sabots jaunes en bois de saule, elle avait les lèvres décolorées par le froid ; et le même geste de sa main essayant toujours de ramener les cheveux échappés de sa coiffe lui donnait quelque chose d'égaré. A l'appel du Franciot, elle leva seulement la tête.

« Que fais-tu là, Zia ?

— Rien... je ne sais pas...

— Comment, tu ne sais pas ce que tu fais, si loin de chez vous ?... Qu'est-ce que c'est que tout ce pain ?

— On m'a envoyée chercher le pain à Chartrouse.

— Chartrouse ?... mais pour rentrer chez toi ce n'est guère le chemin ».

Le regard de Danjou, orienté tout autour, rencontra le chaume du gardien. Il eut tout de suite compris.

« Ne mens pas, c'est là que tu venais ?

— C'est là... répondit-elle avec violence... Tout ce que vous m'avez dit, hier soir, toutes les prières que j'ai faites dans la nuit, rien n'y a pu, rien... Une force mauvaise m'a prise en sortant de Chartrouse et m'a portée chez cet homme, je ne sais pas comment. La clef était sur la porte, j'ai ouvert ; mais entendant du monde, je me suis sauvée jusqu'ici de peur d'être reconnue. »

Elle se leva, prit sous le bras sa corbeille à pain. Il lui demanda :

« Où vas-tu ?

— Je rentre à la maison, ma sœur doit être inquiète... » Une hésitation, puis : « Est-ce que vous lui direz que vous m'avez vue ?

— Non... si tu me promets... »

Elle eut un regard navrant et las à faire pitié.

« Que voulez-vous que je promette ? Est-ce que je peux ? Est-ce que je sais ? Il y a des moments où je ne suis plus moi, où des flammes me traversent, m'enlèvent... Depuis que vous êtes là, c'est bien, je me sens de la force pour résister... mais dans une heure, vous serez loin et rien ne pourra me retenir... Et ce n'est pas ma guérison, comme vous sembliez le croire, que je viens chercher près d'Arlatan... c'est le poison, c'est sa brûlure... Mes yeux me font mal à la fin, de l'envie que j'ai de voir des choses. Et l'homme m'en montre et je me damne... Ah ! tenez, le mieux serait de tout dire à Naïs, qu'elle me batte, qu'elle me tue, mais que je ne revienne plus ici... »

Pendant qu'elle parlait, Danjou, se rappelant les hideux chromos étalés sur le grabat du vacher, les revoyait sinistrement animés et pervers dans les beaux yeux de fièvre de cette femme-enfant et son imagination maladive.

« Non, Zia, dit-il plein de pitié, non, ta sœur ne saura rien... ce serait lui faire trop de peine... seulement il faut retourner au pays, t'en aller le plus tôt possible... »

Elle cria de terreur :

« Au pays, Sainte-Mère des anges ! mais c'est la fin de tout... on va me montrer au doigt, me courir après à cause de mon « bon jour »... Et pas moins, vous avez raison, monsieur Henri, il n'y a plus qu'à s'en aller... C'est ce qui vaut mieux. »

Droite et mince, son grand panier sur la hanche, ses cheveux en poussière blonde autour de sa petite pointe, elle marchait contre le vent, avec sa jupe enroulant ses jambes fines, et son geste énergique qui répétait à côté d'elle : « s'en aller... s'en aller... »

VI

Monsieur T. de Logeret,
à Montmajour.

Enfin, après deux longues journées d'angoisse et de recherches, nous l'avons retrouvée, la pauvre enfant; nous l'avons retrouvée au bord du Vaccarès qui nous l'a gardée tout ce temps, bercée, roulée dans ses ondes mystérieuses. Le premier jour, les Charlon ne se sont pas trop effrayés de sa disparition. C'était une fillette bizarre, maladive, d'une imagination frénétique et comme envoûtée, une petite démoniaque que le Moyen Age eût exorcisée, et que Naïs dans son ignorance effarait de scènes continuelles. Ils ont cru qu'à la suite d'une de ces scènes, Zia s'était sauvée au pays ; et vous pensez quel effroi quand on a su qu'à Montmajour personne ne l'avait vue. Tous les mas d'alentour se sont mis en quête; de toutes les manades des gardiens sont venus fouiller les étangs, les *roubines*, avec leurs longs tridents.

La nuit, des clameurs, des appels de trompe sonnaient de partout dans la plaine ; des lueurs de torches, de lanternes tremblaient sur l'eau.

Ah! les braves gens! Comme tout ce bas peuple de campagne, bergers, bergerots, gardiens aux visages balafrés, bronzés et durs comme des casques, que tout ce petit monde m'est apparu généreux et bon, fraternel à la détresse d'un des siens, donnant, prodiguant ses heures de sommeil, sa pitié, sa fatigue... Et il en faisait une tempête, ces trois jours-là! Bourrasques, éclairs, grésil, la mer et le Vaccarès en furie, les manades affolées, fuyant devant la rafale ou se piétant, se serrant, la tête basse derrière le chef du troupeau, tournant la corne au gicle comme vous dites. C'était païennement beau, toute cette sauvage nature soulevée, révoltée contre l'injustice des dieux qui ont permis le suicide de cette enfant, car elle s'est tuée, la malheureuse, et si vous saviez pour échapper à quelle étrange et cruelle obsession...

Au matin du troisième jour, Charlon et moi nous battions les bords de l'étang quand une bande de chevaux sauvages nous est apparue, en arrêt le long de la rive. Ils regardaient notre pauvre Zia étendue sur l'herbe fine, serrée en linceul dans sa grande mante lourde de sel et de vase. Sa jolie figure intacte et blanche ouvrait à demi les yeux où se lisait toujours la même expression navrante, et qui, à rester sous l'eau, étaient devenus verts comme lorsqu'elle pleurait. Oh! mais verts... Deux petites rainettes du grand *clar*, disait Charlon en sanglotant.

En votre qualité de vieux Camarguais, mon ami, vous avez entendu parler du trésor d'Arlatan. La petite Zia est morte pour avoir voulu y regarder; et moi, j'espère au contraire y avoir trouvé la guérison et la vie. Je le saurai dans quelques semaines. J'étais d'ailleurs prévenu par cette parole du gardien :

« J'ai dans mon trésor de l'herbe qui sauve et de l'herbe qui tue.

Ce trésor d'Arlatan ne ressemble-t-il pas à notre imagination, composite et diverse, si dangereuse à explorer jusqu'au fond? On peut en mourir ou en vivre.

A bientôt, mon vieux Tim, je vous embrasse, le cœur gros.

HENRI DANJOU.

AUTOUR DU
"TRÉSOR D'ARLATAN"

AUTOUR DU
"TRÉSOR D'ARLATAN"

LES NOTES

De ses promenades à travers la Camargue, dans toute la fraîcheur de la jeunesse (époque que le regret ou plutôt le recul embellit chaque jour davantage), Alphonse Daudet a noté et recueilli dans les Études et Paysages (1) *quelques délicieux et poétiques souvenirs. Ce décor du Vaccarès, qui encadre si magnifiquement un acte de* l'Arlésienne, *devait encore servir de fond à l'avant-dernier ouvrage de l'écrivain. Alphonse Daudet, au terme prématuré de sa vie, condensait une fois encore l'atmosphère du Midi pour y enclore une curieuse histoire d'amour. Mais un autre Midi, un Midi de mirages et de fièvre, brumes de marais faisant surgir toutes les brumes mystérieuses de l'être. Il semble que dans ce court roman, exceptionnel dans son œuvre, l'auteur, avec le respect qu'il eut toujours pour ses lecteurs et son désir de ne pas* tout dire (2), *prouve qu'il connaissait, lui aussi, tous les sombres « refoulements » et « complexes » des psychanalystes* (3).

Les quelques notes, très brèves, se rapportant au Trésor d'Arlatan, *glanées dans les* Petits Cahiers, *et que nous donnons ci-dessous dans leur ordre de date, indiquent bien, dès le début, ce que l'écrivain se propose. Il est ensuite séduit, comme il l'a été presque toujours dans la composition de ses romans, par l'idée de la pièce à faire. Alphonse Daudet avait un penchant marqué pour la scène, du moins trouvait-il avec ses qualités surabondantes de vie, dans le théâtre, des facilités d'expression que refuse le livre. Mais, comme toujours encore, il revient à son premier projet de roman, partagé entre le désir de peindre l'ensemble, milieu et personnages, et le souci d'animer ses héros d'une vie recréée par son imagination.*

(1) Cf. *Etudes et Paysages* — *En Camargue.* Tome V de la présente édition, p. 157.

(2) Cf. *Notes sur la vie*, p. 11, tome XVI : « Ah! ces gens qui disent tout... les piètres écrivains! »

(3) Cf. *La Doulou*, tome XVII : « ... J'ai découvert une ou deux petites lois humaines, de celles qu'il vaut mieux garder pour soi. »

LE TRÉSOR D'ARLATAN

De toutes les notes poétiques que j'ai sur la Camargue tirer une nouvelle très personnelle, sorte de journal, avec de l'amour. — La Fille du Garde.

Coins de paysage. — Un pont de bateau plein de soleil, le grand fleuve gai courant vers la mer...

Un étang desséché en Camargue. Les poissons par milliers, morts, pourrissent au soleil. Une sorte de nuage de pestilence flottant sur le marais. Moustiques.

Un beau sujet de pièce :

En Camargue, un ménage de garde-chasse.

Un jeune homme est venu se réfugier à la cabane, pour échapper à la fièvre de Paris. Il y a des années qu'il n'y est venu. Henri d'A***. On l'appelle M. Henri. L'installation dans la cabane, solitude. La maison du garde toute voisine. Charlon est marié depuis un an. Henri a lâché, rompu un ancien amour. Francette lui fera son ménage. Un jour elle trouvera un portrait de femme.

Lecture de l'Anti-Glaireux. Francette prend le portrait et le cache.

Ce sera, si l'on veut, une actrice fameuse ou une femme du monde. Elle est venue le relancer jusque là.

Lecture le soir par M. Henri à Francette et Charlon d'un poème où Charlon [illegible] rien et où elle a vu une étoile.

Amy Férat, sociétaire au Théâtre-Français.
Varenne, vieil acteur célèbre.
Henri de Beuil.
Charlon, garde-chasse.
Un gardien de chevaux
Francette.
Le vieux Faraman.

Amy devient amoureuse du gardien Faraman...

La belle scène est celle où Charlon vient prier M. Henri de s'en aller. Il a mis le [illegible] poétique dans la tête de Francette, et lui, la poétique, il n'y entend rien. Ils ne sont pas de force.

Apparition d'Amy Férat. Elle vient le rejoindre. Amenée par Faraman ou par Charlon qui l'ont prise pour une fée sur l'étang de Miramas.

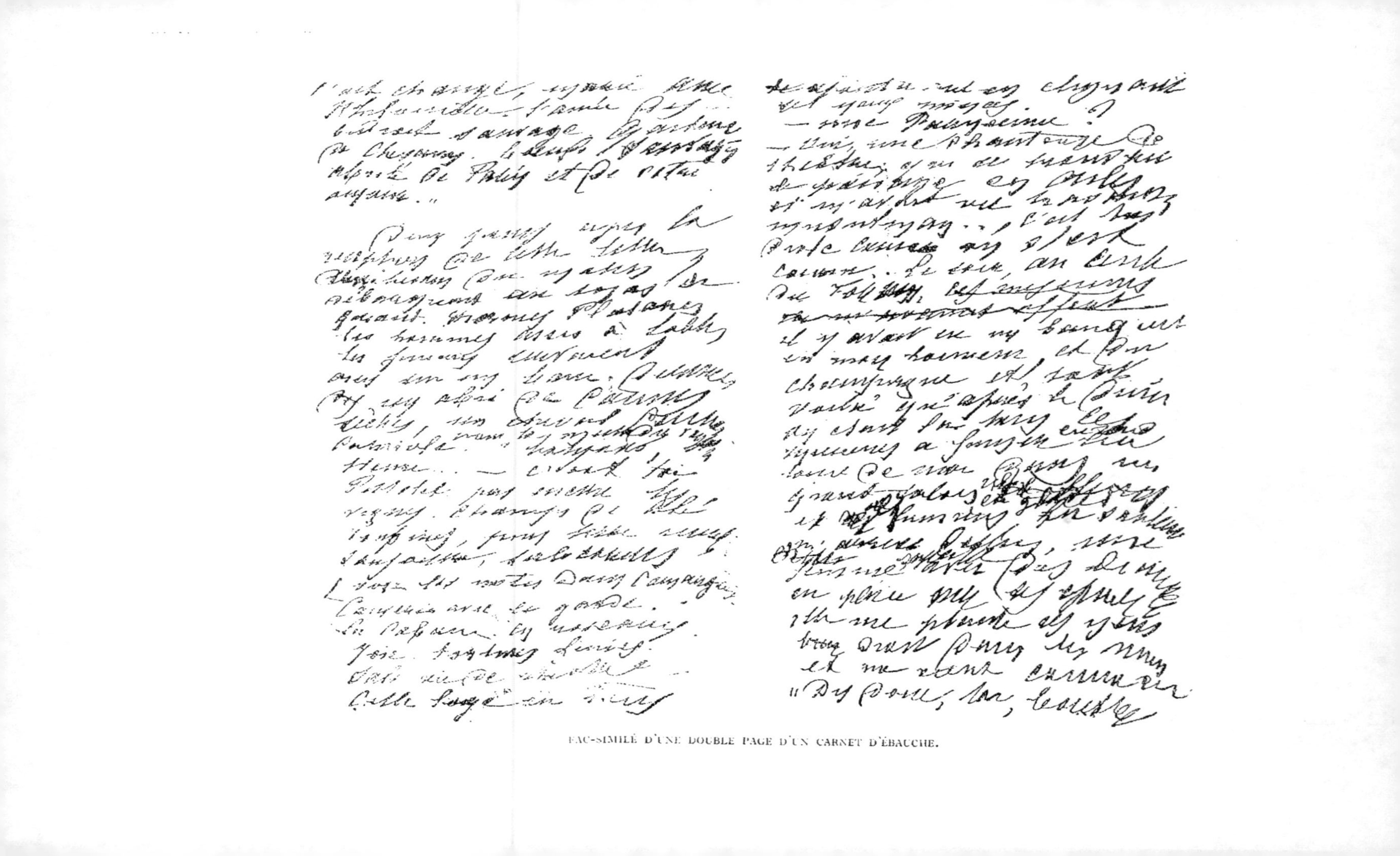

FAC-SIMILÉ D'UNE DOUBLE PAGE D'UN CARNET D'ÉBAUCHE.

Installation de M. Henri. Charlon lui montre sa femme, la fille des Faraman. — Leur bonheur. M. Henri raconte qu'il a souffert. Oh ! une femme... Sieste... puis repas.

Finir le premier acte ou le second par l'apparition d'Amy Férat. Ne pas montrer le cabot, assez de l'actrice.

Soirs. Veillées où le parisien éclaire l'esprit de la paysanne camarguaise.

Le Romain. — A quelques lieues de la cabane, la rencontre dangereuse, je n'ose plus bouger. L'Anti-Glaireux. Les gardiens grelottants.

Lettre d'Amy mettant la cabane à sa disposition. — Le garde. « Tiens, Charlon? — Oui, M. Henri. » On cause en route. La cabane tenue en ordre par Francette. La vie heureuse, lente. Esquisse de roman avec Francette. Lettres de Paris qu'il n'ouvre jamais, puis un soir elle arrive. Stupeur. « Votre dame est arrivée. » Puis le drame entre les deux femmes.

Un orage terminant l'histoire avec la manade serrée, faisant tête au vent. *vira la bano au gisclo.*

La Camarguaise et la Camargo.

Commencer par la lettre d'Amy — puis l'arrivée au matin à la station de Barbantane.

La petite Zia qui depuis deux, trois ans est refusée à son « bon jour ».

Pourquoi?

Parce qu'elle a vu le trésor d'Arlatan, images, femmes nues. — Yeux brûlants, visions mauvaises, fièvre, délire.

Le trésor d'Arlatan, il y en a qu'il sauve, il y en a qu'il tue.

LA CRITIQUE

De M. Eugène Ledrain, *La Nouvelle Revue* du 1er février 1897

... Ce qui note tout particulièrement l'illustre romancier, c'est le don de la vie que personne, parmi nos contemporains, n'a possédé à un pareil degré. On pourra me montrer, en regardant à la loupe tel ou tel défaut, dans M. Alphonse Daudet. Combien cela m'importe peu, et comment ne pas le mettre en tête de ceux de son métier? De ses personnages, on entend la voix, on aperçoit jusqu'aux gestes. Qui donc, en le lisant, ne voit ses héros, remuant la tête, les bras, les jambes? M. Daudet est le seul à me donner pareille illusion.

Dans le *Trésor d'Arlatan*, la petite paysanne qui se noie, parce qu'elle ne peut être admise au *bonjour* (première communion) et que rien ne peut la détourner de la maison mauvaise de maître Arlatan, le Parisien Danjou, la maladive Naïa, tout ce monde de la Camargue s'agite, avec ses passions particulières, son langage, ses intonations du Midi, ses mouvements rapides et dans son cadre particulier.

Comme tous les romanciers, qui sont en même temps des artistes et des poètes, M. Alphonse Daudet dépeint les champs, les landes, les fleurs et les arbres au milieu desquels se meuvent ses héros. C'est du reste ce qui donne du jour au récit en même temps que du charme... M. Daudet, comme personne, a le soin de semer de poésie et de descriptions ravissantes ses vives histoires. Et même ne sent-on pas partout le bon parfum des plantes, comme l'âme subtilement embaumée de là-bas, pénétrant toute l'œuvre et lui donnant un attrait sans pareil? Tel M. Alphonse Daudet se montre dans tous ses livres et en particulier dans ce petit chef-d'œuvre de belle humeur et de sensibilité : *le Trésor d'Arlatan*.

L'EDITION ORIGINALE

Le Trésor d'Arlatan, par Alphonse Daudet. Illustrations de H. Laurent Desrousseaux. Paris, Librairie Charpentier et Fasquelle, Eugène Fasquelle, éditeur, 11, rue de Grenelle, 11. 1897.

In-18 jésus de la collection Guillaume, imprimé sur papier couché par Draeger, à Paris, texte encadré d'un [illegible] et couverture illustrée en couleurs, nombreuses reproductions d'aquarelles de H. Laurent-Desrousseaux dans le texte et hors-texte. 2 feuillets blancs, faux-titre et titre imprimés en rouge et en noir, 154 pages y compris le feuillet de dédicace, l'épigraphe et les hors-textes, 1 feuillet non numéroté pour la dernière illustration, 1 feuillet pour l'achevé d'imprimer plus 1 feuillet [illegible]. Prix : 3 fr. 50.

Il a été tiré 15 exemplaires sur papier du Japon.

Le *Trésor d'Arlatan* avait précédemment paru dans la *Revue hebdomadaire* des 11 et 18 avril 1896.

TABLE DES MATIÈRES

LA DOULOU

LE TRÉSOR D'ARLATAN

AUTOUR DU “TRÉSOR D'ARLATAN”

CE LIVRE, FORMANT LE TOME XVII DES ŒUVRES COMPLÈTES ILLUSTRÉES D'ALPHONSE DAUDET, PUBLIÉES AVEC L'AUTORISATION DE MADAME ALPHONSE DAUDET ET LA COLLABORATION DE M. ANDRÉ EBNER, SECRÉTAIRE DE L'AUTEUR, A ÉTÉ ACHEVÉ D'IMPRIMER LE DIX DÉCEMBRE MIL NEUF CENT TRENTE, PAR L'IMPRIMERIE VILLAIN ET BAR, POUR LA LIBRAIRIE DE FRANCE. IL CONTIENT TROIS HORS-TEXTE EN NOIR ET UN HORS-TEXTE EN COULEURS.

www.ingramcontent.com/pod-product-compliance
Lightning Source LLC
LaVergne TN
LVHW012007220826
846092LV00001B/270

9782329793740